琶遙の気持ちが伝わったかのように、
蒼翼は濃厚な口づけを止めないまま胸元の衣を脱がせていく。
火照った身体が湖上の風に心地よかった。

Illustration©You Kousaka

Tiara Label

ティアラ文庫

蒼月流れて華が散る

絶華の姫

南咲麒麟

presented by Kirin Nanzaki

プランタン出版

イラスト／香坂ゆう

目次

※本作品の内容はすべてフィクションです。

八百年続く帝国『完栄《かんえい》』——その国には古くから「絶華《ぜつか》」という姫君の伝説がある。

胸にありし麗《うるわ》しき花の入れ墨《ずみ》こそ絶華の縁《えにし》。

数百年に一度生まるる姫が十五になりとて抱《いだ》きし者、全身に刻まれし「絶華」の花のうつろいをまもりし。

それを見し者、世を広く興し余りある繁栄を手に入れむ。

（完栄密伝史書より抜粋）

序章　絶華の伝説

「絶華《ぜつか》の姫君の居所が分かったそうな」

美しい胡弓《こきゅう》の音色を思わせる艶《あで》やかな女の声が奥間から流れてくる。

時刻は深夜——心許ない三十日月《みそかづき》の薄光だけでは声の主の姿を明かすことは難しいが、カラクにとってはその必要もない馴染みの相手である。

声の主は、皇帝の正室である紅蓮后《ぐれんこう》。類い希なる美貌《びぼう》と、宮廷内では帝に次ぐ権力を持つ女性である。

「呼び出したのは他でもない。仕事をひとつ、頼みたくてのぅ」

完栄《かんえい》皇帝の宮廷内で最も奥深くに位置するここ奥の宮は、后達が暮らす殿舎《でんしゃ》であり、各部屋に面した回廊からは極楽《ごくらく》世界を模して造られたという見事な庭園が望める造りになっている。

夜の深い闇に沈んだ庭園に、紅蓮后の声だけが静かに響く。

「誰にもさとられることなく遂行せよ」

庭先でじっと跪拝《きはい》の礼をとっていたカラクは、そこで初めて顔を上げた。

もし今この庭園を誰かが通りがかったなら、彼の姿を見て夢の続きかと思うだろう。

背中まで伸ばされた紫銀《しぎん》の髪が月光にさらりと揺れ、金色の瞳とともに密かに煌《きら》めく。

年の頃は二十歳に届かぬほどの青年だ。誰もが瞠目《どうもく》せずにおられないほど美しい容貌を持っており、相手を射竦《いすく》めるような鋭利な瞳が印象的だが、それも上品に整った面差しを妨げるものではなかった。

廷尉職《ていいしょく》の位袍《いほう》を着ていることから、宮廷内の司法刑罰や情報収集を司る高級文官であることが分かる。だがもちろん、ここは皇帝以外の者が夜中に訪れてよい場所ではない。

カラクの持つもうひとつの顔――紅蓮后直轄《ちょっかつ》で動く裏の仕事が彼をここへ導いている。

「絶華の姫君を捜し出せばよいのですか」

「そうじゃ。だが、殺してはならぬぞ。生きたまま、絶華を妾《わらわ》のもとへ」

不可解な上司の言葉に、カラクはしばしの沈黙を返した。

「しかし絶華の確保ならば、皇帝の命を受けた特士《とくし》達がすでに動き出しておりますが？」

慎重に答えを導き出そうと、言葉を選ぶ。その様子を見た紅蓮后は「相変わらずの切れ者よのぅ」と満足げに頷《うなず》くとさらに言葉を続けた。

「特士達が姫を捕らえれば、絶華はそのまま皇帝の元へと引き渡されてしまう。絶華はもともと奥の宮のもの、すなわち妾のものじゃ。十年前、あの憎き裏切り者である蒼鏡《そうきよう》が宮廷外へ連れ出さなければ、今でもこの奥の宮で暮らしていたはず。そう――」

闇《やみ》の中で、紅く艶《つや》っぽい唇だけが動く。

「妾はのぅ、カラク。皇帝陛下よりも先に絶華を我が手に取り戻したいのじゃ」

「……」

その話は確かにカラクも耳にしていた。

数百年に一度、完栄のどこかで誕生すると言い伝えられる『絶華の姫君』。国境外れの寒村で生まれた娘に伝説通りの印があったため、赤子のうちに奥の宮へと引き取られた。が、その少女が五歳を迎えたとき、宮廷内の近衛《このえ》兵《へい》であった蒼鏡という若者が、姫を連れ逃げたというのだ。

それから早十年の月日が流れ、今ようやく姫の居所が判明した。

「お前も主上が好んでおられる絶華の伝説は知っておろう？　遊び半分の言い伝えなれど、その伝説に我が君があやかり、完栄だけでなく天上天下すべての地と民を手に入れるためには十五歳の絶華を抱く必要がある。ちょうど今年、消えたあの少女は十五を迎えるはずじゃ。そのような折に見つかるなどもはや運命……しかし、ただ慰《なぐさ》み者として抱かれるのでは絶華の娘があまりにも憐《あわ》れではないか。せめて奥の宮で一度引き取り、昔のように姫君として妾が育て上げてから皇帝に献上《けんじょう》したいのじゃ」

カラクは黙って頭を垂れながら、その言葉に嘘《うそ》の気配を感じていた。

紅蓮后は、奥の宮で他の追随《ついずい》を許さぬほどの美貌を誇りながらも后達の中で最も気が強く、嫉妬《しっと》深いことで有名だ。伝説の姫とはいえ、自分以外の女を進んで皇帝へ献上するなどあり得るだろうか。

しかしその疑問を直接紅蓮后にぶつけるほど、カラクは愚《おろ》かではない。彼は少し思案してから「些事《さじ》かもしれませんが」と口を開いた。

「十年前のことで疑問が御座います。蒼鏡は何故、自らの命を懸けてまで絶華を連れ出さなければならなかったのでしょうか」

「ふふふ、お前はやはり賢いのぅ。その聡明《そうめい》さに免じて真実を話してやる。その代わり妾の頼みは引き受けておくれ」

もとよりカラクは断る立場にない。彼は紅蓮后直属の部下として、ときには諜報《ちょうほう》や暗殺なども請《う》け負ってきた。そのような仕事を好きにはなれなかったが、仕事と割り切ってのことだ。今回の件も、出来るだけ感情を押さえて受けるべき任務なのかもしれない。

「御意《ぎょい》に御座います」

いつも通り忠実なカラクの返答に、紅蓮后は深く頷くとおもむろに語り出す。十年前に奥の宮で起こった出来事のすべてを——。

まるでその秘密を隠すかのように月は雲に隠れ、夜の闇はより濃さを増してカラクを包み込もうとしていた。

第一章　幼なじみと紫銀の貴公子

「やっぱり無理！　絶対信じらんないっ」

道中ずっと不機嫌に頰をふくらませ続けていた琶遙《はよう》は、とうとう我慢できなくなって両手を振り上げると、少し前を歩く少年の背中に向かって抗議の声を上げた。

これでも一度はやり過ごそうとしたのだが、琶遙の中でじりじりとふくらんだ不満はいまや爆発寸前にまで成長している。もともと「私さえ我慢すれば丸く収まるんだから」とひとり納得して黙っていられるような性格ではないのだ。

「聞いてるの、蒼翼《そうよく》っ」

道行く商人の幾人かが、道端の少女の突然の怒りに何事かと顔を向ける。

ここは完栄《かんえい》の東、双陵山麓《そうりょうさんろく》にある『申威《しんい》』の街門近くである。小さな丘の上に造られたこの街の城壁周りには、国内でも有数の豊かな森林が広がり、伝統的に宮廷御用達の建築木材を献上していることから『完栄の森』とも呼ばれている。したがって商人達のほとんどが木材に関わる仕事をしており、巨木を背負った大男もいれば、小枝の束を脇に抱える女や木彫り職人らしき人も多い。

しかし、図らずも彼らの視線を一身に集めている少女に関して言えば、到底商人には見えなかった。

とにかく元気、という言葉が何よりも似合う溌剌《はつらつ》とした旅装束《たびしょうぞく》の娘である。歳は十五、六といったところか。目鼻立ちの整った顔に、まだどこか幼さを残す大きな漆黒《しっこく》の瞳。同色の豊かな黒髪を高い位置で結《ゆ》わえており、腰には装飾《そうしょく》の美しい細身の剣を佩《は》いている。年齢的に女性らしい豊満な肢体にはほど遠いが、武術の心得があるのか均整のとれたすっきりとした立ち姿で、今は何らかの事情でひどく怒っているが、もともとは笑顔が映えそうな天真爛漫《てんしんらんまん》で愛嬌《あいきょう》のある顔立ちをしていた。

「蒼翼ってば！　そこで無視してんじゃないわよっ」

「……なんか文句あんのか?」

少し前を歩いていた少年が、のろのろと不機嫌そうな顔を向けた。その態度に琶遙はさらに怒りを募《つの》らせる。わざと遅めのその反応にも腹が立つし、いつもなら結構イケてると認める彼の負けん気の強そうな顔すらも今は無性に憎らしい。

ひとつ年上の蒼翼は、琶遙にとって兄弟子にあたる存在で今年十六歳になる。いつも見苦しくない程度には身なりを整えているが、肩の上辺りで無造作に切られた栗毛色の髪といい隙のない身のこなしといい、どこか野性的な感じのする少年だ。両刃《もろは》の剣が背中に携えられているが、それは護身用と呼ぶには立派すぎる代物であり破壊力はあるが相当な力量がないと使いこなせないだろう。

実際に武芸に秀《ひい》でた者独特の意志の強そうな面立ちをしており、同時にどこか相手を和ませるような澄《す》んだ綺麗《きれい》な目をしていた。彼もまた商人には見えない出《い》で立ちである。

「文句なんかあるわよ、おおありだわっ」

蒼翼に向かって、琶遙はびしりと指を突きつける。心外そうに眉《まゆ》をしかめる彼には、本当に心当たりがないらしい。さらにムカつくことに「きっと琶遙のことだから俺の気づかないような下らねぇことで怒っているに違いない」と顔に書いてある。

「全然、覚えてないんだ」

「分かっているなら早く言え」

「言われなくても言うわよ、今！」

心底、反省しなさいとばかり琶遙は胸を張ると蒼翼に向かって言い放つ。

「いい？　私が怒っているのはさっきの団子《だんご》のことよっ」

「？」

「なんで勝手にお団子ふたつ食べちゃったの⁉」

「……」

「忘れたとは言わせないわ！　私、街を出てからずぅぅぅと考えてたんだから」

自信たっぷりに声を張り上げる琵遥に対して、蒼翼の返答は長い長いため息だった。彼らの様子を見るとはなしに見ていた商人達も「なんだ、ただの痴話《ちわ》喧嘩《げんか》か」と呆《あき》れたように歩みを再開する。

「お前なぁ……またそんなしょうもないことで怒ってんのかよ？」

「またとは何よ。そうやってうやむやにしようって態度が気にいらないの」

後ろめたい気持ちがある証拠だわ、と地団駄《じだんだ》を踏んで断言する琵遥。

「……」

下らねぇ、と面倒くさそうに蒼翼は首を振った。

「あー！　何、その余裕⁉　どっから来るの？　どういう神経してんのよっ」

「なぁ琵遥？　お前はそうやって食い意地ばっか張ってるから、いつまで経っても色気がないんだぜ」

「な、なによ！　これは食い意地とか色気の問題じゃないもん」

「じゃあなんだよ？」

「これは人としての筋の問題！　いわば仁義《じんぎ》よ、仁義」

「……偉そうに団子の仁義、語ってんじゃねぇよ。アホくさ……」

再び背を向けて歩き始めようとする蒼翼に、琶遙は慌《あわ》てて付いていく。方向音痴《おんち》、料理音痴、そしてただの音痴という、三大音痴の琶遙にとって、蒼翼とはぐれてしまうことはすなわち致命的迷子を意味するからだ。

とはいえ申威の街門から真っ直ぐに延びる道は、巨大な森林地帯を隆起《りゅうき》する丘をゆったりと迂回《うかい》して街道へと入り、その道なりに半日ほど行けば迷うことなく次の街へと到着する。この辺りは地理的にも分かり易《やす》く見通しもよいため、森にさえ入らなければ賊《ぞく》なども出にくいのだ。

道行く旅人達の顔にも中威の緑豊かな風景を楽しむ余裕があふれており、昼下がりの澄んだ青空と穏《おだ》やかな気候も手伝って、ここには比較的平和な時間が流れている。

琶遙の心境以外は。

（なんなの蒼翼は！　色気がない？　どさくさに紛れて色気がないって言ったよね!?）

足早に蒼翼の後を付いていきながら、琶遙は悔《くや》しさで唇を噛《か》みしめる。

団子の一件も許せないが目下琵遙の憤怒《ふんぬ》を占めているのは、蒼翼の「色気がない」発言だ。第一、日頃からもっとお洒落《しやれ》を楽しみたい琵遙に対して「裾丈《すそたけ》が短い」だの「明るい色彩は目立つからやめろ」だの口うるさいのは蒼翼の方なのだ。

(私だってこんな地味な旅装束じゃなくて、もっと可愛い服でちゃんとしたらそれなりに)

と、琵遙は悲しい気持ちで自分の服装を見てみる。それは薄衣の上に袍《ほう》を重ね太帯で止めただけの、長旅用の簡素で機動性を重視した着物だ。せめてものお洒落とばかり、薄衣には淡い桜色、帯止めの組紐《くみひも》には鮮やかな金色と紅を使っているが、身体全体を覆う袍自体の地味さには抗《あらが》えない。そして何より無骨《ぶこつ》なのは腰に携えた剣の存在——師匠《ししよう》に頼んで出来るだけ細身の可愛らしい剣を選んでもらったが、それが剣である以上年若い少女に似つかわしいとは言い難《がた》い。

「……」

仕方ないことだと十分に分かっていた。この旅の目的は物見遊山ではない。大勢の追っ手を振り切って進まなければならない、いわば逃避行《とうひこう》の旅なのだ。しかも二人を追いかける敵は常に武器を持っており、身を守るために剣を所持することは必須——。

(今のところ、私達の手に負える敵さんばっかりだから良かったけど)

この先もそんな幸運が続くとは限らない。腰の剣を見下ろしてため息をつく琵遙の目に、ふと留まったものがあった。

「あ」

故郷にもよく咲いていた花だ。多くの人々によって踏み固められる道端に、可憐《かれん》な純白の小花を咲かせることから『旅人草』とも呼ばれている。あまりの懐《なつ》かしさに琶遙は、蒼翼にも教えてあげようと道端にしゃがみ込んだ。

「!?」

ふいにその花が、目の前で踏みにじられる。それは上等な男性の靴《くつ》だった。琶遙がムッとして顔を上げると、そこには見慣れない初老の男が立っている。彼は一人ではなく、背後に十数人の武装した兵を引き連れていた。

「我《われ》は完栄皇帝の特士《とくし》、錐行《すいぎょう》なり!」

今では恥ずかしくて誰も言わないような、大仰な名乗りである。なんというか、身なりの立派さばかりが目立つ、六十過ぎの小柄な男だった。

「とくし?」

琶遙が首をかしげて聞き返す。よくぞ聞いてくれたとばかり、その男が胸を張って答えようとするより早く、隣《となり》の蒼翼が口を開いていた。

「特士っていや、皇帝の勅命《ちょくめい》を受けた役人のことだ。前の街で撃退した奴も同じコト言ってたじゃんか」

「そうだっけ？」

「ったく、だからお前はバカなんだよ。団子で腹立ててる暇《ひま》があったら、ちょっとは自分の敵のこと勉強しろ」

「な！　バカとは何よ。大体、団子の話は勉強とはカンケーないっ。生き様の問題よ」

特士という役職に並々ならぬ誇《ほこ》りを持っていたらしい錐行という男は、完全に出鼻を挫《くじ》かれて不機嫌そうに黙り込んでいる。しかし、当の二人は気にすることなくお互いの情勢をますます悪化させていた。

「琶遙。お前、団子で生き様語ってどうするよ……まったく下らねぇ」

「なーにーおー！」

「こらお前達、少しは我の話も聞け！」

気の毒なのは錐行である。二人の険悪な雰囲気に流されないよう声を張り上げた。

「いいか、これを聞けばさすがに無視できなくなるぞ」

そう言うと錐行は背後に数十人もの兵を従えたまま、懐《ふところ》から皇帝の勅旨《ちょくし》らしき手紙を琶遙達の前に振りかざす。

「琶遙ならびに蒼翼！　お前達二人に手配書が出ている。逆らわなければ手荒なことはせぬから、大人しく連行されよっ」

「……」

琵遙と蒼翼は突然現れた彼らを一瞬だけちらりと見るが、すぐに無視して自分達の本題に入る。

「今『下らない』って言ったよね？　蒼翼」

「ああ、言ったさ。だって下らねぇもん」

「許せない！　蒼翼のバカバカバカバカバカ」

「五回も連続で言うな。なんか必要以上にムカつくだろ」

「ムカつかせるために言ってんのよ、悪い？」

「……お前達は我の話を聞いていないのか」

仮にも完栄皇帝特士の有難《ありがた》いお言葉である。そのうえ、二人を捕縛し宮廷《きゅうてい》まで連行せよという物騒な内容なのだ。通常の市井《しせい》人ならばそれだけで震え上がる。

なのにこの二人はまったく我関せず、である。それどころかこちらを一瞥《いちべつ》したきり、顔を向けようともしないのだ。

「むむ、かくなる上は」

従えている兵達に格好のつかない錐行は、感情的に肩《かた》を震わせると琵遙達を指さした。

「この無礼者《ぶれいもの》達を即刻《そっこく》捕らえよ！」

命令を受けた兵達がバラバラと二人を取り囲む。

その動きに合わせて、琵遙も蒼翼もゆっくりと鞘《さや》から剣を抜いた。一応、二人に声は届いているのである。

蒼翼の剣は、ともすれば彼自身の身長を超えんばかりの巨大な両手剣だ。常人ならば持つだけで体力を消耗してしまうこの武器を、蒼翼は力ではなく技で以《もっ》て器用に使いこなす。これを師匠から譲《ゆず》り受けたときに、この国で武術を習得した者の決まりとして『輝庚嵐《きこうらん》』という名を両手剣に授けた。それ以来、蒼翼の頼れる相棒になっている。

一方、琵遙の剣はずいぶんと細身で刃渡りも琵遙の腕ほどの長さしかない。鞘に華美な装飾が成されている女性らしい仕様の片手剣も、琵遙が師匠からもらった得物である。『羅香《らこう》』という名を授けられており、殺傷《さっしょう》性は低いが細腕でも十分に対応できるように造られていた。

しかし剣を抜いた二人はお互いをにらみ合ったまま、兵達の方を見ようともしない。

「このっ」

隙ありとばかり飛びかかった兵士が、たちまち蒼翼の剣の餌食《えじき》になった。

蒼翼は倒れた兵を一瞥すると「面倒臭せぇな」とひとりごちる。

「なによ、その言い方っ」

「突っかかるなってば。今のは琵遙に言ったんじゃないって。まぁ両方面倒だけど」

蒼翼の言葉に、琵遙はキッと鋭い視線を投げる。そしてそのまま、手にした羅香を蒼翼の胸元に突きつける。

「こらこら、お前の敵はあっち！」

「話をはぐらかさないでよっ」

完全に囲まれた状態なのに平気で敵に背を向ける琵遙の態度に、兵士達も馬鹿にされたといきり立つ。まるで誘い込まれたように三人の敵が同時に彼女目掛けて襲《おそ》いかかった。

しかしそれよりも素早く蒼翼は琵遙の前に回り込み、敵二人の足下をなぎ払っていた。残るひとりの剣撃は、琵遙自身の手によって軽く受け流される。

「……なんと」

宮廷専属の優秀な兵達が次々と倒される様子を見守っていた錐行は、驚きの声を上げる。相当の手練《てだ》れである琵遙達が予想外だったようで、慌てて部下を近くに呼び報告書を確認させている。

「おい、調査内容と違うようだぞ。ここには十五、六歳の旅装束に帯剣した少年少女とし か記されおらんではないか。本当に手配書の二人なのか」

「は。外見的特徴に限って言えば、まず間違いないかと」

「ひょっとしてこの二人、本物を逃がすための囮《おとり》ではないのか……先ほどから行われている馬鹿げた痴話喧嘩も、我々を油断させる罠《わな》なのでは？」

特士錐行は小声で部下と話しながら、深く思案している様子である。

そんな目で見られているとは露《つゆ》知らず、琵遙はさらに蒼翼に詰め寄っていた。

「蒼翼はいっつもそうやって面倒くさがって、なんでもはぐらかすんだから」

「俺がいつ話をはぐらかした？」

「だから！　さっきのことだよっ」

「だから！　さっきって何だよ？　一体何が不満なんだ？」

蒼翼の反応に、琵遙は悔しさ余って地団駄を踏んで抗議する。彼らを取り囲む兵士達に戸惑《とまど》いの空気が流れ始めた。琵遙と蒼翼――この二人、油断しているようで妙に隙がないのである。とはいえ二人の痴話喧嘩を聞きながら手をこまねいているわけにもいかず、右に左にと攻撃を仕掛ける。それらを器用に受け流しながら、琵遙はさらに蒼翼に詰め寄った。

「私が言ってるのはさっき団子のことなのっ」

「団子、団子ってなぁ。大体、お前が一人前は食べられないから半分こにしようっていったんだろう？」

「あれは三つ入りだったでしょ。その半分こはひとつ半でしょ？　なんで先にふたつ食べちゃうの？」

兵士達は次々と襲ってきていた。それらを上手く避《よ》けつつ二人の言い争いは続く。第三者が聴《き》く分にはまったく馬鹿ばかしい内容だが、琶遙は至って真剣だ。

「私は蒼翼のそういう雑なとこがヤなの」

「だったら」

取り巻きの兵が射った矢を自分の剣で忌々《いまいま》しげに弾き返しながら、蒼翼は琶遙を振り返った。

「最初っから団子二人分、注文したらよかっただろーが」

「そこまではお腹空いてなかったんだもん」

ぷんと拗《す》ねた琶遙の長い髪が、呼応するようにさらりと揺れる。

「取り込み中、すまないが」

いよいよ不安になったらしい錐行は、再び二人の会話に割って入ってきた。

「娘。お前は本当に琶遙か？　蒼鏡《そうきょう》に連れ出されたという」

その言葉に琶遙がふと顔を向けた。琶遙にしてみれば特士だかなんだか知らないが、皇帝の名を借りて自分達を追いかけ回す輩《やから》に興味はない。できれば口も聞かずに無関係を貫きたかったのだが……不覚にも「蒼鏡」という名前に反応してしまった。

蒼鏡――それは、世界で誰よりも愛《いと》しい人の名前だからだ。

「おじさん、蒼鏡様を知ってるの？」

「いかにも良く存じておる。そしてそちらが蒼鏡の実弟である蒼翼だな」

「そうだけど？」

不機嫌そうに答える蒼翼に、錐行はさらに尋ねる。

「ではその娘が『絶華《ぜつか》』なのか？　十年前まで宮廷にいたと聞くが」

蒼翼の顔がふと曇《くも》り、複雑そうな表情を隠すかのように黙《だま》って横を向く。が、琶遙はそれに気づくことなくきょとんとした顔で錐行を見た。

「私が絶華？　違うよ。私は宮廷なんて知らないし、十年前って言ったらすでに師匠の元で暮らしてたもん」

その言葉に嘘はなかった。琶遙がまだ赤子だった頃、完栄の極東にある『櫸笙《ずしょう》』という小さな村外れに捨てられていた自分を、蒼翼の兄である蒼鏡が見つけたのだという。しかし当時宮廷武官見習いとして仕えていた蒼鏡は、琶遙を手元に置いておくことが叶わず、宮廷がある都『栄帝府《えいていふ》』の外れにある古寺で世捨て暮らしをしていた無二の親友に託した。

琶遙が十五歳になるまでに迎えに来ると約束して――。

「十年前に流行病《はやりやまい》で亡くなって、結局その約束は果たされなかったけど……それでも蒼鏡様は捨て子だった私を拾ってくれた命の恩人。私は本当に本当に蒼鏡様のことが大好きだった」

ううん、と琶遙はそこで大きくかぶりを振る。

「今でもずっと大好き、心から愛してるの」

両手を胸に当て、大切そうに蒼鏡へのあふれる想いを告白する琶遙。師匠から蒼鏡が病で死んだと告げられたときは、毎日が辛くてこの世も終わりと泣き暮らした。その後、師匠や蒼翼の気遣《きづか》いもあってなんとか立ち直ったが、命の恩人である蒼鏡への想いが消えてしまうことはない。それどころか日を追うごとに強くなるばかりなのである。

「蒼鏡様への愛！　きっとこの想いは永遠なんだよね」

「そ、そうなのか……どうも儂の聞いている話と違うようだが」

琶遙の乙女心《おとめごころ》全開な変貌《へんぼう》にまったくついていけない錐行は、哀《あわ》れにも狼狽《うろた》えまくっている。

「違うも何も、それが真実だよ。ああ、愛しの蒼鏡様。あの頃はまだ子供だったから無理だけど、今なら私のすべてを捧げてしまいたい……！」

「む、娘。もうよい、気持ちは分かったから」

じりじりと後ずさりしながら、特士錐行は両手を上げて降参の意を示している。

「わかってないよぉ。乙女がすべてを捧げたいってことはね」

「もうよい。そなた、正直で素直なのは良いことかもしれんが、さすがに聞いているこちらが赤面しそうになるぞ」

「そうかなぁ?」

「そうなんだよ。お前のそのなんでも正直にしゃべる癖《くせ》、いい加減直せ」

隣で蒼翼も呆れている。そんな二人を交互に見て、琶遙はプッと頰《ほお》をふくらませた。

「だってだって、本当に好きなんだもん」

琶遙にしてみればまだ言い足りないぐらいである。しかし、さらに言い募ろうとした唇が止まった。蒼翼の瞳がわずかに表情を変えたからだ。それだけで琶遙には、蒼翼が何を考えているのかがわかる。幼い頃から一緒に育った琶遙と蒼翼ならではの合図だった。

「ちゅーわけで、おっさん」

その場の空気を混ぜ返すように、蒼翼が声色を変える。

「俺らは確かに琶遙と蒼翼だが、このブスが『絶華』って話だけはガセなんじゃねえの」

まるで他人事のようにそう言い捨てると、蒼翼はひらりと身を返し小高い丘の下へと飛び降りた。琶遙も「ブスって何よ」と言いながら、寸分の遅れもなくその後を追う。

あ、と錐行が声を上げたときにはすでに遅い。次の瞬間には「やられた」という顔をして錐行は悔しそうに唇を噛んでいた。

蒼翼は適当に戦っていると見せかけながら、完全な逃げ道を探していたのである。街道から逸《そ》れた丘の下には森林が広がっており、手を尽くせば捜索は不可能ではないだろうが、この人数ではさすがに無理だ。出直す必要がある。苦い気持ちをかみ砕《くだ》くように、錐行は顔をしかめてみせた。

彼が噂《うわさ》に聞いた絶華とは、世界中の男を魅了《みりよう》しながら誰をも寄せ付けない冴え冴《さざ》えとした美貌《びぼう》の持ち主だと言う話だった。一度でも絶華の姫君を我がものにした男は、その魅力に陶酔《とうすい》し、彼女のために天下すら取るだろうとされている。

(それなのに……)

琶遙という娘の、元気に跳ねる馬のしっぽのような黒髪が森に消えるのを見送りながら、錐行は眉をしかめてつぶやいていた。

「あれが……本当に絶華?」

木漏《こも》れ日が美しい森林の間を息を切らせて走りながら、琶遙は改めて自分の置かれた理《り》不尽《ふじん》な状況にうんざりしていた。

何か、特別に悪いことをした覚えなどない。

琵遙が預けられた古寺には、蒼鏡の親友である志天勝《してんしょう》という男が弟子の蒼翼に武術を教えながら暮らしていた。だから志天勝は育ての親であり同時に武術の師匠でもある。そして蒼翼は琵遙にとって兄弟子という間柄だ。

とはいえ三人の間に堅苦《かたくる》しい上下関係は皆無《かいむ》であり、琵遙と十歳ほどしか変わらない志天勝は親とか師匠というよりも年の離れた兄のような存在だったし、蒼翼に至っては気が置けない幼なじみと言った方がしっくりくる。そんな中で、琵遙は彼らに武術の稽古《けいこ》をつけてもらいながら平和かつ地味に暮らしてきたのだ。

確かに善人として清らかに生きてきたわけではない。知らないうちに他人に迷惑をかけていたこともあるだろう。だが、少なくとも皇帝の軍から追われる筋合いはないはずだ。

しかし数日前、琵遙と蒼翼は志天勝の部屋に突然呼び出された。

「……バレた」

開口一番、志天勝はそう言った。親とか師などという言葉がまったく似合わない、いい加減さ全開の遊び人のような風貌《ふうぼう》である。今年で二十七歳になる男盛りの志天勝には、どんな女も放ってはおかないような魅力があふれている。長く伸ばした髪を無造作に束《たば》ね、身丈夫で美形の彼は性格もかなり自由奔放《ほんぽう》で、その旺盛《おうせい》な好奇心に任せあらゆる方面で余りある才能を開花させている。武芸はもちろん、書道、陶芸《とうげい》、音楽に至るまですべてが一流の風流人なのである。そのうえ非常に気さくな人柄で、琶遙や蒼翼も——師匠と呼び敬語こそ使ってはいるが——気持ち的には仲良し兄貴といったところである。

そんな彼は当然ながら女にもてる。もてまくる。

ということは、と琶遙は首をかしげて考える。バレたというのは——。

「ひょっとして浮気とか?」

「違う」

即答した志天勝に代わって「それなら」と隣で蒼翼が口を開いた。

「この間、周玄《しゆうげん》の店でただ食いしたことですか? 師匠、メチャメチャ飲んだのに」

「それも違う」

「じゃあ、骨董屋《こつとうや》にこのボロ寺の仏像を国宝級だって騙《だま》して買いとらせたこと?」

「違うな」

ちなみに今のは全部バレてない、と志天勝はちちちと指を振りながら余裕の笑みを浮かべる。しかしすぐに表情を曇らせると肩でため息をつきながら、

「俺達の居場所が、皇帝の奴らにバレたんだ。このままでは捕まってしまう」

とだけ告げた。

「はい？」

予期せぬ言葉に琶遙は呆気に取られ、大きな黒い瞳をさらに丸くさせた。

皇帝とはまた、大きく出たものだ。自分達庶民《しょみん》には、一生関係のない人種であろうに。

（あ、でも確か師匠は以前に宮廷士官として働いてたんだよね）

そのときの話は以前に師匠から聞いたことがある。宮廷士官とは皇帝直属の文官であり通常なら貴族の子息などが務める役職だ。志天勝のような外部の人間が任命される確率は皆無《かいむ》なのだが、幼い頃から天才と謳《うた》われた彼にとって難関中の難関といわれる登用試験などただの暇《ひま》つぶしでしかなく、異例の抜擢《ばってき》も至極《しごく》当然の成り行きだったらしい。

しかし思いの外その仕事がつまらなく、十六歳にして早々と「もう辞《や》めよっかなぁ」と思っていた矢先、のちに義兄弟として契《ちぎ》りを結ぶほどの親友、蒼鏡と出会う。その後、志天勝は近衛兵だった蒼鏡を残して宮廷を去り、都外れの古刹《こさつ》で自由に生き始めるのだ。

「でも師匠が宮廷にいたのはもう十年以上も前ですよね？　……そんなに悪いことしちゃったんだ……」

「バカ言え。俺が辞めるときには皇帝はおろか宮廷中の人間が泣いて止めたのだぞ」

じゃあ、と再び思案し始めた琶遙に対して、志天勝は少し遠い目をして面倒くさそうに髪をかき上げた。

「それだけ完栄が平和ってことだ。伝説に想いを託《たく》すほど、皇帝もヒマなんだろ」

「？」

天才ゆえの悪癖《あくへき》か——志天勝には細かい説明を省くクセがあり、そのうえかなり突飛《とっぴ》な思考の持ち主だ。いつも通りの師匠に、琶遙はため息をついて肩をすくめた。自分達の国である完栄が平和で皇帝がヒマだから捕まる？　伝説に想いを託す？　分からないことだらけで、到底理解できるものではない。

「とにかく、今は無駄な抵抗《ていこう》をせず国を出るのが一番だと思う。ここから一度東へ抜けて、そのあと南へ一週間ほど旅すると『佳碧湖《かへきこ》』という大きな湖に出る。その先にあるのが最も行きやすい隣国『玄《げん》』だ」

それでも矢継ぎ早に進んでいく展開に、琶遙は慌てて声を上げた。

「そんな危険すぎます！　国破りは死罪ですよ？　大体、なんで私達が自分の国から逃げなきゃならないんですか」

当然のごとく沸き上がる疑問である。それは蒼翼にしたって同様だろう。しかし。

「琶遙。今は師匠を信じて黙って言うとおりにしよう」

「！」

同じ気持ちだとばかり思っていた蒼翼に諭《さと》されて、琶遙は二重の驚きを覚えた。

「なんでよ蒼翼？　あんた日頃から、師匠ほどいい加減で信じられない人間はいないって言ってたじゃない」

味方だと思っていた蒼翼にあっさりと裏切られ、琶遙は頬をふくらませる。その言葉を聞いた志天勝が大袈裟《おおげさ》に首を振った。

「情けない！　蒼翼、お前は師匠である俺に対してそんな風に思ってたのか」

「う。それは、そのですね……琶遙の馬鹿」

「馬鹿じゃないもん。正直なんだよ」

「そのとおり。正直さと素直さは琶遙の数少ない美点だ」

琶遙に味方しているはずの志天勝の援護《えんご》はしかし、妙に嬉しくない。

「数少ないって何ですか。そりゃ師匠が相手する女の人はすっごい美人で、私なんて足下にも及ばないでしょうけど」

「そうでもないぞ、琶遙。お前はまだ未熟で青臭い子供《ガキ》に過ぎないが、なかなか良い素材を持っている。もうちょっと熟《う》れて大人になって色香というものを理解すれば、俺様だって相手してやらなくもない」

「ふん。私が熟れすぎて木から落ちたとしても、絶対に師匠の相手だけは致しませんっ」

「なんだとぉ。今の発言は俺を慕う世界中の美女達の反感を買ったぞ。謝っとけ、今のうちに訂正して謝っとけ」

にらみ合う二人の間に、蒼翼が割ってはいる。

「コラ！　二人とも話題ずれてるからっ。今は逃げなきゃならないって話だから」

「だから！　なんで私達が逃げなきゃならないの？」

日常行われているらしい三人の賑《にぎ》やかな会話は、いつものように一巡りする。

「お前らに説明してやりたいのは山々だがな」

と言って、志天勝はゆっくりと立ち上がった。手にはいつの間にか彼の得物、『龍牙矛《りゅうがぼう》』が冷たい光を放つ。天下一と謳われる武器職人千胴《せんどう》の手によって作られたこの矛《ほこ》は、その名のとおり伝説の龍の牙《きば》を模した鋭い刃を先端に持つ。芸術的価値の高い装飾《そうしょく》と無駄のない仕様が見事に調和した秀逸《しゅういつ》品だが、それはあらゆる武器に精通する彼だからこそ使いこなせる代物でもある。

「残念ながら時間がない。琶遙はすぐに蒼翼と一緒に東へ逃げろ。そこから南へ進路を変えながら佳碧湖を目指せ。俺は後から合流する」

「後から合流って……師匠は一緒じゃないんですか？」

不安そうな顔を向ける琶遙に向かって、志天勝はやれやれと首を振った。

「琵遙。お前はこの日のために、天才武術家でもある俺様の元で武芸を磨《みが》いてきたんだぞ」

「初耳なんですけど！　ていうか師匠は以前、村の子供達を守るために正義の味方になれって言ってましたよね？」

「あれはヤメたんだ。あいつら最近生意気になってきて、俺のこと呼び捨てにしやがる」

さらりと言ってのける志天勝に、琵遙と蒼翼は「心せまっ」っと眉をひそめる。

「大丈夫だ、蒼翼だっている。必ず逃げ切れる」

「でも」

「俺はこれからひと働きしなきゃならない。蒼翼、琵遙を頼んだぞ」

納得できない琵遙とは対照的に、蒼翼は緊張した面持ちで頷《うなず》くと素早く座を立つ。

「ちょっと待って下さい。ひと働きって？」

刹那《せつな》。琵遙と志天勝の間を切り裂くように、鋭い矢が飛び込んでくる。撓《しな》るような音をさせて、その矢は壁へと突き刺さった。

「!?」

「こういうことだ。寺の周りはすでに包囲されている。俺が敵を引きつけてる間に、お前らは裏道から逃げるんだ」

「琵遙、行くぞ」

うだ。
蒼翼が厳しい表情で声をかけてくる。どうやらこれ以上、何かを質問する時間はないよ
（それに蒼翼はこの件に関して何かを知ってるみたいだし）
後で理由を聞けばいい。琶遙は唇を噛みしめると覚悟を決めて立ち上がった。それを待
っていたかのように蒼翼が素早く自分の愛剣を手にすると、琶遙にも馴染みの細身の剣を
投げて寄越す。それを器用に受け取りながら、琶遙は慌てて自分専用の化粧台へと向かっ
た。
「待って、蒼翼。えっと着替えと手鏡と櫛《くし》と、あとお守りと水筒も……」
「こら！　そんなの全部、あとで買ってやるからっ」
剣と銭袋だけを身につけた蒼翼が急かす。そんな蒼翼を琶遙はキッと睨《にら》みつけた。いく
ら緊急事態だからといって、女の子には必要不可欠な小道具達があるのだ。蒼翼はその辺
の乙女心がまったくわかっていない。
「お気に入りだもん。置いてけるわけないでしょ！」
至極当然だと反論する琶遙に、蒼翼は「これだから女はっ」と苛立ちながらも荷物をま
とめるのを手伝ってくれた。
「いたぞ、絶華だ」

「裏口だ、急げ」

幾人もの怒声が飛び交った。バラバラと乱雑な足音が近づく。

いたし方なく（琶遙にとっては）ごく簡単な物しか持てないまま、二人は勢いよく裏道へと飛び出した。

そこにもすでに数人の追っ手が待ち構えていたが、幼い頃から武芸を学んだ琶遙や蒼翼の敵ではない。二人は鮮《あざ》やかな剣さばきで、素早く活路を見いだす。

「師匠、ひとりで大丈夫かな」

恐ろしく武術に秀でている我らが師匠ではあるが、敵の数も半端ではない。今でも群がるように古寺を取り囲んでいる集団に目をやる。

「信じるしかないだろ。あの人、タフさにかけては天下無双《てんかむそう》だって自分で豪語してたし。第一、助けに戻ったところでどやされるだけだ」

「……確かにね」

歩き慣れた山道を一気に駆け下りる琶遙らは「敵を引きつける」と言い切った志天勝に後ろ髪《がみ》をひかれながらも、言われたとおりに東へと向かうしかなかった。

それが三日ほど前のことである。

地図が苦手な琶遙は、ひたすら蒼翼の後をついて旅を続けてきた。幾度か、寺を襲った集団とよく似た輩に襲われたが、今回のように二人で上手く戦いながら逃げ延びている。

「うー……もう限界かも」

どこまでも続く森の中を走ってきた琶遙は、大きく息を継ぎながらその場にへたりこんでしまった。同じく立ち止まって空を仰ぎ見ている蒼翼に呼びかける。どうやら太陽の方向から自分達を見て位置を確かめているらしい。琶遙と違って、蒼翼は息も切らしていなかった。

「追いかけてこないみたいだね」

「特士って役職は、地方役人に臨時に与えられる仕事に過ぎないらしいからな。自分とこの管轄《かんかつ》から外れてまで追いかける義理もないんだろ」

なんでもないような口調で蒼翼が答えるのを聞いて、琶遙は「だから州境の森へ逃げたんだ」と感心する。先ほどは敵について少しは勉強しろと言われて腹を立てたが、なるほど蒼翼は自分と違って様々なことを抜かりなく調べているらしい。

「……今夜は本格的な野宿になるな」

琶遙から尊敬の眼差しで見られているとは露知らず、蒼翼は傾きかけた太陽を睨むように見ている。森はすでに夕暮れを迎えていてこれ以上進むのは危険だと判断したらしく、琵遙を小川のほとりまで連れて行くと手際よく火をおこしてくれた。

「ここで大人しく待ってろ。俺が周囲を確認しながら焚《た》き火の枝を集めてくる」

「……うん」

本当は焚き火の小枝集めぐらい手伝いたかったが、疲れ果てている琵遙にとってその言葉は正直、ありがたい。

（なんだかんだ言いながら、私って蒼翼に甘えてるよね。こうやって蒼翼が気を張り詰めていてくれるからこそ、私が呑気《のんき》にしてられるんだし……逃げなきゃいけない理由とか絶華のこととか、本当は聞きたいことが色々あるんだけど、今の蒼翼はそれどころではなさそうだなぁ。ううん……その前にまず……）

蒼翼が戻ったら謝ろう、と微睡《まどろ》みながら思う琵遙は、いつしか深い眠りについていた。


一方、蒼翼は注意深く森を進みながら追っ手や賊などはいないか、また虎《とら》など危険な動物の住処《すみか》が近くにないかを見渡していく。そしてそれらの危険がないことを確認すると大きく息をついた。

あとは蛇行《だこう》する小川の流れに沿っていけば、この森は難なく越えられる。

長く住み慣れた古刹を後にして一番近い東の街『炎洛《えんらく》』へと行き、そこで人混みに紛《まぎ》れながら小さな宿で一晩明かした。夜明け前には街を出て、後をつけられないように用心しながらゆっくりと進路を南に変える。それを二度繰り返した。

団子事件が起こった『申威』は旅を始めてから四つ目の街で、何の問題もなく進んでいれば今頃は、次の街で宿を取っていたはずだった。

「本当にバカだ」

蒼翼は低くつぶやく。その言葉は琵遙に向けられたのか、それとも自分自身か。確かにあの街道で喧嘩さえしなければ変に注目を集めることもなく、追っ手に見つかることもなかったに違いない。

本格的な野宿となれば、蒼翼には平気でも女である琵遙には何かとつらいこともあるだろう。できればちゃんとした宿に泊めてやりたかったが——。

「やっぱり、俺が悪いよな」

苔生した老木を器用に飛び越えながら、蒼翼がひとりごちる。

旅を始めてから、何度も琵遙から詳しい事情を聞かれそうになった。その度に上手くはぐらかしてきたのは自分の方だ。

今回、いきなり始まった逃亡劇の原因は間違いなく絶華だ。それは師匠である志天勝の表情からも疑う余地はない。琶遙に運命付けられた、あの馬鹿げた伝説が十年の時を経て再び動き出したということだろう。

「皇帝の下らない遊びに、琶遙を巻き込みやがって……！」

手にした枝に力を込めながら、悔しそうに唇を噛む。

胸にありし麗《うるわ》しき花の入れ墨《ずみ》こそ絶華の縁《えにし》。

数百年に一度生まるる姫が十五になりとて抱《いだ》きし者、全身に刻まれし「絶華」の花のうつろいをまもりし。

それを見し者、世を広く興し余りある繁栄を手に入れむ。

今年、琶遙は十五になる。伝説自体はかなり有名で民衆に広く知れ渡っているが、眉唾《まゆつば》だという認識が一般的だ。琶遙自身も、たまたま胸に花の形をした痣《あざ》があるだけでよく間違われるが、まさか自分が絶華だとは思っていないし伝説が本当だとも信じていない。

しかし莫大《ばくだい》なときと費用を賭けて、その言い伝えを追い求めている人物がいた。完栄の現皇帝である。国中を巡らせ、生まれながら胸に花の入れ墨を持った女の赤子を探《さが》し出した。それが琵遙だ。皇帝はその赤子を宮廷に閉じ込め、十五になるのを待つつもりだった。この事実を琵遙は知らない。そう――琵遙は自分が赤子のときから志天勝の元に預けられたと信じているが、真実は違う。

あの特士が言ったように、十年前まで琵遙は宮廷にいたのだ。

(あいつの記憶には残っていないみたいだけど)

一晩分の焚き火を維持できるほどの枯れ枝を集めた蒼翼は、再び琵遙の元へと歩みを進める。あたりはすでに夕闇《ゆうやみ》に沈み、森の奥からは月梟《つきふくろう》の低く穏やかな鳴き声が聞こえてきた。夜から早朝にかけて鳴くといわれる夜行性の鳥だ。

蒼翼が琵遙と初めてあったあの夜も、月梟が鳴いていたのを思い出す。

あれは蒼翼が六歳のとき――蒼鏡に手を引かれて連れて来られた琵遙はまだ五歳の小さな女の子だった上に、ひどく脅《おび》えていた。

蒼鏡のようになりたい一心で親元を離れ、志天勝へ弟子入りしていた蒼翼の元に、宮廷に勤めているはずの兄が訪れた。真夜中のことである。

尋常でない様子の兄は、たくさんの傷を負いながらも胸には小さな女の子を抱きかかえていた。蒼鏡の胸の中、血だらけで震えるその女の子は言葉すらろくに話せないようで極度の混乱状態にあった。

琶遙、と兄から教えられた名をそっと呼んでみる。

艶やかな黒髪と不安に揺れる大きな黒い瞳がじっと蒼翼を見上げた。兄の衣を握りしめる小さな白い手は、まるで儚《はかな》い砂糖菓子のようだった。

その後、志天勝と蒼鏡の間で何が話し合われたのかは知らない。ただ蒼翼はその後すぐに呼び出され、蒼鏡から「どうか琶遙を守ってくれ」と頼まれたのだ。兄の温かで重みのある手を肩に感じながら、神妙《しんみょう》な気持ちになったことを覚えている。

蒼翼は昔から歳の離れた兄、蒼鏡のことが大好きだった。その兄から生まれて初めて頼み事をされたこと、そして何よりも自分自身も眼前の少女を守りたいと強く思ったことを受けて、蒼翼は不思議な高揚感とともに大きく頷いていたのだった。

あれから十年。その後兄は二度と姿を見せることはなかったけれども、志天勝とともに琶遙が一刻も早く笑顔を取り戻せるよう力を尽くしてきた。

志天勝の発明したあやしげななんとか療法《りょうほう》とやらも試した。凍《こお》りついた琶遙の表情が一刻も早く笑顔で彩《いろど》られるように色々と気を配ったし、それ以上に琶遙が寂しがらないようにいつも一緒にいてやった。

（その甲斐《かい》あって……というか、師匠のあやしげな療法が効いたのか？）

一年ほど経ったとき、ようやく人並みの感情を取り戻した琶遙は代わりに五歳以前の記憶を手放していた。その事態に蒼翼は心配したが、志天勝はこれ幸いとばかりに『自分は絶華じゃない』ことと『赤子のときからこの寺にいて、宮廷なんか知らない』という新しい記憶を、琵遙に刷《す》り込んだ。

そして十年、現在に至る。

何故、自分達が追われなければならないのか。

自分が絶華だというのは本当なのか。

それは今の彼女の立場ならば、当然聞いておきたいことだろう。にも拘らず、蒼翼は琵遙に未だ詳しい状況を語れないでいる。誤魔化《ごまか》し続ける自分に何かと突っかかるのも、きっとそのせいだ。

宮廷が再び動き出し、琵遙に直接その手を伸ばしてきている以上、絶華のことはちゃんと話さなければならない。それでも。

蒼翼の中には、せめてそのときが来るのを少しでも先延ばしにしておきたいという強い気持ちがあった。可能ならば琵遙には、絶華のことなど何も知らずに生涯《しょうがい》を生きていって欲しい——自分にはまだ、その望みが捨てられないでいる。

一度絶華のことを知れば、琵遙は五歳のときに自ら手放したほどの辛い過去を嫌でも思い出すだろう。そして絶対に教えたくない最後の真実まで、知ってしまうことになる。

「……」

それを思うと蒼翼は堪《たま》らない気持ちになった。同時に兄の蒼鏡のことを「今でも愛してる」と言い切った琶遙の横顔を思い出し、胸にかすかな痛みが走る。

「あいつの心には、未だに兄貴しかいないんだもんな」

集めた枯れ枝を手に、小川のそばへと戻ると琶遙はすでに疲れ切った顔で寝入っていた。

蒼翼は彼女の上下する小さな肩に自分の上衣を静かにかけてやる。

「琶遙」

焚き火の灯りに照らされた寝顔を見つめながら、蒼翼はそっと名を呼んだ。当然、すでに深い眠りに落ちている琶遙には届かない。胸の辺りに添えられた琶遙の白い指先。

「……」

それだけで胸が一杯になった。幼い頃からずっと一緒だった。見慣れたはずの寝顔なのに、このもどかしい想いを伝えるにはあまりにも遠すぎる。

琶遙の、蒼鏡への想いなら痛いほど分かっている。自分だって兄のことは心から慕っているし、それだけに琶遙の気持ちを誰よりも理解できた。穏やかで優しく、それでいて大切な者を守り抜く強い力を持っていた兄、蒼鏡。本当に文句のつけどころのない人格者だったし、自分がどれほど頑張っても追いつけるはずのない憧《あこが》れの存在だ。それでも。

いのだから。

（俺は琵遙が好きだ……この想いだけはどうしても消せない）

だからせめて、一番近くで琵遙を守ってやりたいと思う。そのためにも、自分の想いは秘めたままでいい。愛されることは望めないが、それ以上に自分が精一杯愛してやればい

蒼翼は静かに琵遙の前髪を指で梳《と》かすと、その額にそっと唇を当てる。蒼翼の切なく熱い息と、琵遙の安らかな寝息が重なった。

普段は琵遙に偉そうなことばかり言ってすぐ喧嘩になるが、本当は優しくしてやりたい。もっと温かく包んでやりたい。今はそんな愛しい想いばかりがあふれてくる。

やがて蒼翼の唇が琵遙の額から滑らかな頬へ、そして口元へと降りてきた。

「琵遙、愛している」

吐息《といき》のようにつぶやく蒼翼。

ふいに、眠りの中にある琵遙の柔《やわ》らかい唇が何かを求めるように動いた。

「だ……」

「だ？」

「……団子……」

まだ言ってんのかこいつは、と蒼翼は一瞬、前言撤回《てっかい》したい気持ちになっていた。

（……またやってしまった）

底なしのごとく深い後悔を胸に抱えて、琵遙は早朝の街を鬱々《うつうつ》と歩いている。

旅に出て以来、初めてのひとりきりだ。とはいえ、早朝の大通りは朝市の準備をする商人達やいち早くお目当ての品を買い求める客で活気にあふれている。

何か規則でもあるのか、皇帝の特士兵達は街中で琵遙達を襲ったことはない。その他危険も大通りから外れなければ大丈夫だろう。琵遙にしてみればちょっとした気分転換の散歩である。蒼翼が起きる頃には宿に帰ろう、と朝の晴れた空を見上げながら思う。

「ねぇちゃん、可愛い格好だねぇ」

かんざしや紅《べに》入れなど、女性用の小物を麻布の上に並べている年配の女性が声をかけてきた。琵遙の服装に目を細めている。

「そうかな？」

「あたしゃね、昔は宮廷のお后様達に納める着物を見立てていたこともあるんだよ。ねえちゃんの格好は実にいいねぇ。淡い桜色の薄衣に深紅《しんく》の袍。帯の金刺繡《ししゅう》もよく映えているし……うん、実に美的感覚の優れた見立てだよ。どうだい、時間があるならうちで売り娘をやらないかい？　お代ははずむからさ」

琵遙の服装は、普通の街娘とは違ってお洒落よりも動きやすさを重視しなければならない旅装束だし、場合によれば腰の剣を抜いて戦うことだってある。

そのため華やかな振袖《ふりそで》は極力抑えられ、裾だって膝上辺りで切り落とされているが、それでもなんとか可愛く見せたい、というのが乙女の意地でもあった。

いつも蒼翼に「裾が短い！」と注意される丈でも――もちろん見知らぬ男の人に好奇の目で見られるのはまっぴら御免だけれど――おばさん臭くなるよりマシだと思っている。

「ごめんね、おばさん。私これからまた、宿に戻って旅に出る準備をしなきゃだめなんだ」

「おやまぁ、あんた旅人かい？　これからどこへ？」

「南の方です」

じゃあこれ持っていきな、と気前よく小さな小瓶《こびん》を投げて寄越す。

「あ！　でも、これ売り物でしょ……私、一度宿に戻ってお金持ってきますから」

「いいのいいの。若い娘が遠慮しちゃいけないよ。いいかい？　その油を薄く髪に塗っておきな。南へ行くなら日差しも強い。あんたの髪は綺麗だけれど、黒いから油断するとすぐにばさばさになっちまうからね」

「……ありがとうございます！」

ぴょこりと元気に頭を下げて、琶遙はにっこりと微笑んだ。もう一度、丁寧に礼を言ってから、琶遙はその店を後にする。

朝の太陽は昇るのが早く、明るくなるにつれて人の流れはますます賑《にぎ》やかになってきていた。そろそろ帰った方がいい時間だ。

（蒼翼からも、あんな風に「可愛いねぇ」って言ってもらいたいのになぁ）

来た道を辿《たど》りながら、琶遙は昨夜の蒼翼との喧嘩を思い出して再び寂しさを募らせる。

「だって蒼翼が悪いんだ」

拗《す》ねたように小さくつぶやく。

きっかけはささやかなことだった。野宿の後の宿だったので、蒼翼が気を遣って先に風呂に入って休めと言ったのだ。琶遙はすぐに断った。野宿とはいえ、すぐに寝入ってしまった自分とは違い、一晩中見張りをしていてさらに朝には野ウサギまで捕ってきて、全然休んでいないのは蒼翼の方なのである。

「蒼翼こそ先に休んでよ。寝てないでしょ、昨日」

優しさからそう言った琶遙に、蒼翼はふいと顔を背ける。

「余計なお世話だ。お前の面倒は俺が見るんだから、大人しく言うことを聞け。これ以上、俺を困らせるな」

「なによ！　その言い方」

「なんだよ？」

その後は石が坂を転がるように、喧嘩へとまっしぐらである。最後には例の団子事件まで引き合いに出して大騒ぎとなってしまった。

「……はぁ。なんでこうなっちゃうんだろ」

宿への道を歩きながら、琶遙は大きなため息をつく。

いつからだろう、蒼翼は気むずかしい顔をしてじっと自分を見つめていることが多くなった。昔から不器用で照れ屋なところはあったけど、それでも琶遙にだけは素直な笑顔を見せてくれていたはずだ。

それなのに、最近は妙に冷たくなって距離を置こうとする。かと思えば、必要以上に気を遣って琶遙をまるで他人のように特別扱いしてみたり……自分はただ、幼かった昔のように無邪気に甘えたいだけなのに。

旅に出てからその傾向はさらに強くなった。まるで自分ひとりが全部背負っているみたいな顔をして、琶遙には何もさせてくれない。何も事情を話してはくれないのだ。

それが一番、寂しかった。団子のことだって、本当はどうでもよかった。別に格別美味しくもなかったのだ。

(子供の頃のように、仲良く半分こしたいだけだったのに)

もっと近くにいて色々話して欲しかった。悩みがあるなら共有したい。守られてばかりいるのは琵遙の性分に合わないし、それはきっと蒼翼だって知っているはずなのに。

(なんでなにも言ってくれないのかな。言いにくいことなのかな……？)

もう一度、ちゃんと聞いてみようか。琵遙は唇に親指を当てながら思案する。けれどもきっとすぐに「お前は知らなくていいから。黙って付いて来い」と言われることは目に見えていた。

(だって昨日なんて「これ以上、困らせるな」って言ったんだよ、あの馬鹿！)

人の気も知らないで、と琵遙は再びムカムカしてくる。

「やっぱり蒼翼なんて大嫌い！」

強引にそう結論付けた。そのとき。

突然、琵遙の腕が強く引っ張られ、そのまま何者かに身体を抱きすくめられる。

声を出すひまもなく、琵遙は大通りから家屋と家屋の狭間にある空間に引きずり込まれてしまった。

「良い匂いだ」

耳元でぞっとするような野太い男の声がする。

「あんたが絶華の姫君か？　伝説によるとどんな男も虜《とりこ》にする絶世の美女らしいが、まさかこんな乳臭ぇ小娘だとはな」

まぁいいさ、と男は一方的に納得して琵遥の胸の辺りをまさぐる。

「!?」

嫌悪感が電撃《でんげき》のように琵遥の身体を走り抜ける。声を上げようとしたが、今まで味わったことのない恐怖が琵遥の喉《のど》を凍りつかせる。それでもやっとの思いで腰の剣『羅香』へ手を伸ばそうとするが、腕ごときつく固定され上手く動かせなかった。

「お前みたいなのも嫌いじゃねぇ。さっきここら辺りをうろついていた皇帝の下っ端どもから聞いたんだがなぁ。絶華を抱くと、俺のような盗賊でも国が手に入るってか？　面白い、試してやろうじゃねぇか」

「私は……！」

絶華なんかじゃない、そう叫ぼうとするが小柄な琵遥の身体は丸太のような巨漢の腕に組み敷かれ、呼吸すらままならない。突如、琵遥の中に怒りがこみ上げてきた。非礼極まりないこの男に対しても、そして何もできない自分にも腹が立つ。憤怒が恐怖を駆逐《くちく》して、こわばっていた琵遥の心にかすかな力を与えた。

「何わけのわかんないこと言ってんのよ。放して！　放してったら」

唯一、自由がきくようになった口で懸命《けんめい》に抗議するが、男はそれを鼻で笑うと愛おしそうに琵遙の首に唇を押し当てた。

「イヤッ！」

「まだ男を知らない匂いだな。お偉い皇帝さんはどうだか知らんが、俺は伝説なんて信じちゃいねぇ。だがよぉ、お前は抱いてやる」

勝手に決めないで、と琵遙は渾身《こんしん》の力を込めて相手を睨《にら》みつけた。

刹那――まるでその思いが通じたかのように、男は「う」とうめいて琵遙から手を放すと二、三歩下がる。耐え難い嫌悪感と本能だけで、琵遙は慌てて男から離れた。

男は突然、大きな音をさせて仰向けに崩れ落ちた。

未だに状況を把握《はあく》できない琵遙は、呆然とした思いで足下の男を見下ろす。その後頭部から血が流れ出していた。

「な、何？　きゃ！」

地を這うような不気味なうめき声に琵遙は思わず声を上げた。見れば男が傷口を押さえながら立ち上がろうとしている。

（と、とどめを刺せばいいの？　それとも逃げる？）

しかし、琵遙がどちらかの行動を取る前に、二撃目は頭上からやってきた。

「ぐへ……っ」

　カエルがつぶされたような無様な声を残し、男は今度こそ地面へと顔を埋めた。真後ろの首筋に小刀が刺さっており、それが致命傷となっている。先ほどとは比べものにならないほどの大量の血が琵遙のすぐ足下まで流れてきた。

「！」

「無事ですか」

　落ち着いた品のある声が琵遙のもとに届く。

「誰？」

　慌てて声の方を見る。大通りからの朝の光を背に、近づいてくる若い男の影。琵遙からは逆光で顔が見えない。

「……蒼翼？」

　その影を蒼翼と呼んだのは、今、国中で自分を助けてくれるのは彼ぐらいしか思いつかないからだ。しかしその声は明らかに蒼翼ではなく、ましてや志天勝でもなかった。ゆっくりと近づくにつれて見えてくる姿。それは蒼翼よりも少しだけ年上の、とても綺麗な顔をした若い男だった。紫銀《しぎん》の髪に金色の瞳が印象的だ。

　その男は息を飲むほどに美しいが、琵遙にはまったく見覚えがない。

（誰だろう？　全然知らない人だけど、この人も敵？　でも助けてくれたよね……）

依然として警戒しながらも、異常な緊張でこわばった身体の方は限界だった。無意識のうちにその場にへなへなと座り込んでしまう。そんな琶遙に、その男は優しく微笑むと手を差し伸べてきた。

「立てますか？　事情を詳しくお話ししたいが、ここではいささか場所が悪い」

眼前で倒れている男に目をやって、琶遙も思わずこくこくと頷く。

「できれば場所を変えて、朝食でもご馳走《ちそう》させて頂きたいと思うのですが」

「でも」

親切にしてもらっても、知らない人について行かないというのは旅の鉄則だ。いくら琶遙でもこれぐらいの警戒心《けいかいしん》は備えている。

「お気持ちはお察しします。先ほど賊に襲われたばかりですし。ですが、私は決してあやしい者ではありません」

それは、身なりや立ち振る舞いを見れば一目瞭然《りょうぜん》だった。賊はもちろん、商人や旅人にも見えない。どこかの貴族、という感じが一番近い気がする。

「そうだ。もし心配ならお連れの方に伝言でも残されたらいかがですか」

「あ、蒼翼！」

そこで初めて、琵遙は蒼翼のことを思い出した。突然の出来事にすっかり気が動転していたが、よく考えれば宿はこの隣なのである。

琵遙は宿の軒先で掃除をしている若い女中に声をかける。

「おはようございます。私の連れの人、まだ寝てます？」

「これはお客さん、おはようございます。そうですね、今朝はまだお部屋から出ておられないご様子ですが……起こして参りましょうか」

「あ、いいのいいの！」

箒《ほうき》を置いて階段を上ろうとする女中を、慌てて止める。寝ているのなら、少しでも長く寝かせてあげたかった。旅に出てから蒼翼はいつも、琵遙より遅く寝て早く起きるので寝顔を見たことがない。それが琵遙の気持ちを重くさせていた。

（大体、蒼翼ってば旅に出てから神経過敏《かびん》すぎなんだよね）

四六時中、緊張しているのがこちらまで伝わる。今朝の散歩にしても琵遙が一人で出かけるなど、従来ならば絶対に不可能なことだ。蒼翼が気づかないわけがない。

それが何故抜け出せたかというと、昨晩の大喧嘩のせいで二人は互いの布団《ふとん》を限界まで離して敷いていたからだ。幼い頃から琵遙と蒼翼は同じ『弟子部屋』で一緒に寝てきた。まるで兄妹のように育った二人は、しかし喧嘩をする度にどちらかが自分の布団を持ち出して師匠の部屋にお泊まりする習慣がある。旅先ではさすがに別の場所に行くことはできないので、せめてもと琵遙は部屋の入り口ギリギリで寝ていたのだ。

（蒼翼、驚くだろうなぁ）

起きて琵遙がいないと知った蒼翼の怒った顔を想像して、思わず肩をすくめる。

「起きてきたらとりあえず『ごめんなさい』って伝えておいて欲しいんだけど」

「？」

箒を片手に持った女中は、不思議そうな顔をしながらも頷いてくれる。

「それから、今から私が行く店の場所を教えてあげて欲しいんです」

「もちろん、結構ですよ」

そこで琵遙は後ろの男を振り返る。男は女中に感じよく微笑むと、これから琵遙と行くらしい店の名前と場所を丁寧《ていねい》に教えた。女中は顔を赤く染め、惚《ほう》けた表情で聞いている。

（やっぱりこの人、相当カッコイイんだ）

自分を危機から救ってくれた人だから素敵に見えるだけかも、と思い込もうとしていた琵遙だが、どうやらそうではないらしい。触れるだけで切れそうな、秀逸《しゅういつ》で美しい刀を思わせる横顔と寸分の狂《くる》いもなく整った眉と鼻梁《びりょう》。一見近寄りがたく感じるが、その黄金の瞳はあくまでも穏やかで、優しい知性の光を宿している。女中でなくとも思わずため息がでるような完璧な容姿である。

感心している琶遙の目の前で、紫銀の髪がさらりと揺れた。

「さぁ行きましょうか」

導きのままに再び大通りに出ると、琶遙は前をゆくその高貴な男の袖を引いた。

「あの」

「なんでしょう?」

「私、お礼をまだ言ってなかったから」

真面目な琶遙の態度に、男は「礼など」と微笑で受け流そうとする。

「いえ、危ないところを助けていただきありがとうございました」

挨拶《あいさつ》、敬語、そして礼の三つさえ押さえておけば、かなりの確率で周りの人間から反感を買わずに好き勝手できるものだ、というのは師匠からの有難い教えである。いささか「それでいいのか」と思わないでもないが、とりあえずは律儀《りちぎ》に実践《じっせん》している琶遙である。

ペコリと頭を下げた琶遙に向かって、男は慌てて両手を振った。

「どうか頭を上げて下さい。話をしたかったのは私の方ですから」

「話……ですか、私に?」

まだ名前も伝えていないのに、琶遙のことが誰だか分かっているというのだろうか。

男はそれに答えず、思わず立ち止まってしまった琵遙をゆっくりと促した。歩き出した琵遙の心に再び警戒心がわき起こる。

（どうしよう？　本当について行って大丈夫かな）

今からでも蒼翼の部屋に帰った方がいいだろうか。相手は話があると言っているが、自分の方は別に用事はない。

（いや、こういう場合は助けてくれたお礼に食事でも奢《おご》らなきゃいけないよね。あ、でも財布は蒼翼が持っているんだった……というか食事に誘われているのは私だっけ？）

いよいよ頭が混乱してきた。困った琵遙は眉を寄せ指をこめかみに当てて考える。元来、相手の腹を探るようなことが苦手な質《たち》なのだ。

「私なら貴女が今、一番望むものをお聞かせできるかと思いますが」

琵遙の戸惑いを見透かしたように、男は静かな声で言った。

「私が一番望むもの？」

言い方によっては、ずいぶんと高慢《こうまん》な台詞であるが、男が言うと不思議とそんな感じがしない。志天勝のような自信にあふれた言い方でもなく、蒼翼のように強がりでもない。ただ冷静に真実を述べている感じの印象だった。琵遙が初めて出会う種類の人間だ。

（本当に何者だろ、この人。一体、私の何を知ってるというの？）

信用するには情報が少な過ぎるが、嘘をついてるようにも見えない。

「私が何を望んでいるか分かっているみたいだけど？」

答えによっては宿に戻ろう、と琶遙は心の中で決心する。しかし、男はそんな琶遙の最後の迷いを消し去るような、極上の言葉を口にしたのだった。

「絶華のすべてを教えましょう。それを知れば何故、貴女が追われなければならないのかもわかるはずだ」

「！」

それは、旅に出てからずっと琶遙が、蒼翼に聞けなかった疑問だった。


琶遙が連れて来られた場所は、立派な楼閣《ろうかく》を持つ街で一番豪奢《ごうしゃ》な店だった。朝の時間は通常商いをしていない様子だったが、奥から出てきた店主は琶遙達を見てすぐに美味しい茶を淹れてくれる。否、正確には琶遙を連れてきた男を見て、だ。

（お得意様なのかなぁ？　そういえばこの人、若いのにお金持ってそうだし）

店主に銭《ぜに》とは別に銀をたくさん渡している男は、決して華美ではないが上質そうな絹織の上袍を着ている。

その謎《なぞ》の男は琵遙を店の奥の部屋には連れて行かず、大通りからよく見える明るい卓子へと導いた。これも琵遙への心遣いだろう。確かにこの場所ならば、宿で伝言を聞いた蒼翼も見つけやすい。

周りからよく「馬鹿正直すぎる」と言われる琵遙だが、決して不用心ではないと自負している。それでもこの男に言われるままついて来てしまったのは、こういう心配りがそこはかとなく感じられるからだった。

そして何よりも魅力だったのは――。

(この人がかっこいいから?)

違う違う！　琵遙はふるふると首を振って、己《おのれ》の浅はかな煩悩を追い払った。

(絶華よ、絶華！　確かにこの人、絶華について全部、教えてくれるって言ったよね)

それは今の琵遙が一番知りたいことであり、そうすればこれ以上、蒼翼と揉《も》めなくて済むような気もしていた。

「不思議な方ですね」

黒大理石の高級な卓子を挟んで向かいに座った男は、穏やかに微笑んでいる。

「?」

「いつまで待っても貴女は私の名前を聞かない。一般的にはこう言われませんか?　名も名乗らない人間を信用するなと」

「ああ、それはね。よく聞く言葉だけど、名前聞いたからって安心しちゃうのも危険だと思わない？　だって偽名かもしれないし。それよりも己の五感を研ぎ澄まして、相手をよく観察するの。そっちの方が効果的なんだって」

「なるほど。言われてみればそうですね」

「ってこれ全部、師匠の受け売りなんだけど」

「貴女の師匠というと……志天勝殿ですか」

「知ってるの？」

驚いたように大きな黒い瞳を向ける琶遙に、男は頷いた。

「遅くなりましたが、私の名と素姓を申し上げましょう。貴女から信用を得るためでなく、ただの情報として」

そう言うと男は愛嬌を以て片目を瞑《つむ》った。近寄りがたいような完璧な美貌を持つ人だけに、こういう表情は二倍魅力的だ。

「煌科洛《こうからく》と申します。この手の仕事をするときは、ただカラクとだけ名乗っていますが」

「カラク……さん？」

「できればカラクとお呼び捨て下さい」

「カラク、ね。分かったわ。私は」

「琵遙様。そう目星をつけてお声をかけさせて頂いたのですが、間違いないですね？」

当然と言えば当然の反応に、琵遙はこくりと頷く。

「ちなみに志天勝殿は我ら宮廷に仕える人間にとって、伝説的な方として語り継がれております」

宮廷の人間、という言葉に琵遙の顔がこわばる。

「え？　じゃあ、あなたも皇帝の特士なの!?」

ならばいささか困ったことになる。琵遙の脳裏に蒼翼の激怒《げきど》した顔が浮かんで消えた。

「ご心配なく。私は特士ではありません。絶華について正確な知識を貴女にお伝えするこ
とが目的ですし、強引に貴女を宮廷にお連れすることも致しませんよ」

「でも宮廷には連れて行くんだ？」

「……貴女が望めば」

意味ありげに、カラクは言った。琵遙は速攻、「ソレあり得ないから」と勢いよく首を
振る。自分はこれから蒼翼と一緒に佳碧湖へ向かい志天勝と合流して国を出るのだ。自ら
望んで宮廷に行くなんて絶対にない。

とはいえ、宮廷の人間と一緒にいるなど蒼翼に知れたら面倒なことになるに決まってい

る。自分としてもあまりお近づきになりたくない種類の人々だし……と、琵遙の心は再び逃げ腰になる。しかし――。

それらの感情は、琵遙の元に運ばれてきた数々の料理を前にして吹っ飛んだ。

「うわぁ！　超豪華だ……！　どーしよ、どれも美味しそうっ」

たちまち黄色い声を上げる琵遙の無邪気な姿を見て、カラクはにっこりと微笑んだ。

「お気に召せばいいのですが」

「もうお気に召しまくりだよぉ。蒼翼との旅ではこーんな豪華なモノ、食べたことないもん！」

いっただきまーすっ、と元気よく手を合わせると、琵遙はホカホカと湯気を上げる肉詰めの蒸し饅頭《まんじゆう》にかぶりついた。

「ほいひぃ～」

まさに幸せ絶頂！　が、そのとき――。

「何、呑気《のんき》に点心《てんしん》なんか食ってんだよ？　お前、本格的なバカじゃないのか？」

聞き覚えのある、そして今はあまり聞きたくなかった冷ややかな声が店内に響いた。

「そ、蒼翼!?　伝言、聞いてくれたんだ」

「だからここまで急いで来たんだろうが」

「あ、あのね。この人が危ないところを助けてくれたの。カラクさん」

「初めまして」

「お……？」

丁寧に差し出された右手とその手の持ち主であるカラクの美しい顔を見比べながら、蒼翼が一瞬、狼狽えたのが分かった。慌てて平静を装うものの、明らかに蒼翼の顔には「俺よりもいい男じゃねぇか」と書いてある。幼い頃から一緒に育った琵遙には、蒼翼の心情が手に取るように分かる。

（まったく。蒼翼ってば子供なんだから）

そんな琵遙の予想通り、蒼翼は気に入らねぇとばかりカラクの手を払いのけた。

「蒼翼！」

「お前、あやしいぞ。わざと琵遙を危ない目に遭《あ》わせて、油断させたんじゃねぇのかよ」

蒼翼の鋭い眼差しが、遠慮なくカラクに注がれる。しかしカラクは慌てる様子もなく、

「琵遙様を、とても大切になさってるのですね」

とだけ言った。蒼翼にはそれさえも皮肉に聞こえるのか、不機嫌に顔を歪《ゆが》める。

「琵遙、行くぞ」

ふいに蒼翼が琵遙の手を取って強引に立たせる。椅子《いす》がガタリと大きな音をたてた。

「痛いよ、蒼翼。なんかさっきから態度悪すぎだよ？　カラクはね、何も知らない私に絶華のことを教えてくれるって言うから」

「！　ふざけんなっ」

拳が卓子に叩きつけられ、琵遙は息を飲んで蒼翼を見る。

一体、どうしたというのだろう。確かに穏やかとはいえない性格の蒼翼だが、実のところ感情のままに行動するのをあまり見たことがない。志天勝と三人で暮らしていたときも暴走気味の琵遙と志天勝を止める役は、大抵常識派の蒼翼と決まっていた。言動は多少乱暴でも本当は誰よりも冷静で優しい――それが琵遙の知っている蒼翼なのである。それなのに、今の彼は明らかにおかしい。

（やっぱり私に言えないことがあるんだ……）

琵遙はうつむいて唇を噛みしめる。理解できていたはずの蒼翼の気持ちが分からない。そのことが一番不安で腹立たしく、悲しい。

次の瞬間、琵遙はキッと顔を上げて蒼翼を睨みつけた。

「何よ！　蒼翼が何も教えてくれないから、こうして別の人に聞いてるんでしょ？　余計な邪魔しないでっ」

とうとう堪えきれなくなった感情が、言葉となって蒼翼に叩きつけられる。

「んだと、この野郎。俺がどれだけ心配してんのか分かってんのか」

「心配なんかいらないよ！　そっちこそ人の気も知らないでっ……蒼翼のバカ！　バカバカ、大馬鹿者っ」

行こ、と琵遙はカラクの腕を強引に取って店を後にする。

「あ、ちょっと。お前！」

背後で蒼翼の焦《あせ》った声がしたが、あえて無視することに決めた。


「なんでいっつも最後は、こうなっちゃうんだろ……」

街壁に沿《そ》って張り巡らされた水堀に腰掛けながら、琵遙は大きなため息をついた。水堀の中では、小さな魚達が光を反射しながらキラキラと楽しそうに泳いでいる。

勢い込んで街門から飛び出したものの、行き先も浮かばず帰るに帰れない状況で、とりあえず身を隠すように街門の脇《わき》にある城壁沿いの水堀にやって来た。

かなり強引な展開に文句も言わず黙って付いてきたカラクは、そのまま壁にもたれかかりながら、琵遙の様子を背後から見守っていてくれている。

「蒼翼のやつ！　カラクが自分よりちょーっとイケてるからってあんな態度！　まったく

子供なんだからっ。キーンてなるぐらい、頭冷やせばいいんだわっ」

苛立《いらだ》ちを発散するため、堀《ほり》に垂らした両足で水をバシャバシャと跳ね上げた。それを面白がるように、水中の小魚は散っては琶遙の足下にまた寄ってくる。

やるせない思いで見上げると、青い空がどこまでも広がっていた。

「大丈夫ですか？」

「え？」

「琶遙様は今、とても戻りたそうな顔をしておられる」

「!?」

図星だった。さっきまであれほど怒りを感じていた蒼翼に、琶遙は何故かもう逢《あ》いたくなっている。しかし同時に「なんで私だけ会いたくならなきゃいけないのっ」と憎らしくも思っていた。矛盾《むじゅん》する二つの感情を持て余した琶遙は、それを誤魔化すようにカラクに笑いかけた。

「でも良かった。カラクは人さらいじゃないんだよね？」

「人さらい？」

琶遙の発言を楽しむかのように、カラクが目を細めて問い返す。

「だって本当の人さらいなら、一緒になって蒼翼の悪口言って街を出るでしょう？」

絶好の機会だもの、と水面に揺れる光から背後にいるカラクへと視線を移す。彼の涼《すず》やかな金色の瞳が、琶遙に向かって微笑んだ。

「私が口を出すのもおこがましいですが、第三者だからこそ分かることもあります。琶遙様と蒼翼殿は、お互《たが》いを想いすぎて喧嘩になっておられる気がします」

「……」

カラクの穏やかな物言いが、不思議なほど琶遙の心に沁《し》みてくる。

確かに、自分に向けられる蒼翼の優しさは痛いほどわかっているつもりだ。けれどその想いが不器用で一方的だからこそ、思わず琶遙は言いたくなるのだ。

私にも、ちゃんと蒼翼のことを心配させて——と。

絡《から》みきった糸がほぐれるように、心が落ち着いていく。琶遙は自分の手をそっと胸に当てて深呼吸をしてみた。

(顔を合わせればまた、喧嘩になるかもしれないけど)

それでもちゃんと向き合って話をするべきだった。絶華のことを何も話してくれない理由だって、きっと深い意味があるはずなのだから。

「ごめんなさい……私」

琶遙は決心したように顔を上げた。

「きっと順番間違えた。だから蒼翼はあんなに怒ったんだよね。突然の旅の理由も絶華のことも、あなたから聞く前に蒼翼から聞かなきゃ……もし蒼翼が言えないことなら師匠にでも。だって私が一番に信じなきゃいけないのは、あの二人だもの」

大切なことを確認するように、琵遙は腰掛けていた水堀からゆっくりと立ち上がる。琵遙が出した答えに気を悪くするでもなく、カラクは紫銀の髪をかき上げて微笑んだ。

「それほど、蒼翼殿や志天勝殿との絆《きずな》は深いのですね」

「うん、そうだと思う。だって今までずっと家族みたいに暮らしてきたんだもん」

琵遙の命の恩人でもある最愛の蒼鏡はすでに病で亡くなっていたものの、物心ついたときからずっと数十年も同じ屋根の下で暮らしてきた。気を遣わずに言いたいことを言い合えるのも、相手が蒼翼だからに違いない。

「だったら、なおさら戻る必要はないでしょう」

「え？」

突然のカラクの言葉に、琵遙は耳を疑《うたが》った。聞き間違いであることを確認するために、振り返ってカラクを見る。しかし。

「貴女が蒼翼殿の元に帰ることはないと申し上げたのですよ。本当はあの店で、ゆっくりとお話しするつもりだったのですが」

変わらぬ穏やかな口調で、カラクは話を続ける。

「蒼翼殿や志天勝殿の命は貴女が握っているのです。違う言い方をすれば、貴女達が狙《ねら》われる原因はすべて——絶華である琵遙様、あなただ」

「私が？」

「残念ながら今さら戻ることにあまり意味はない。なぜなら貴女が一番安全に暮らせるのは、宮廷の中だからです。蒼翼殿や志天勝殿をこれ以上巻き込むことは、貴女の本意ではないはずだ」

「それは、そうだけど。なんで宮廷が安全なの？　というか私が狙われているって？」

「絶華だからです」

確信を得ているかのようなカラクの言葉に、琵遙は困ったように横を向いた。

「旅に出てからよくその『絶華』って聞くけど、私はそんなの知らないよ」

「絶華が何たるかは、また改めて話しましょう。ですが、今言えるのは絶華であるということが、野望を持ったあらゆる人間に狙われる原因となり得るということ……私がお連れする場所は、宮廷内でも最も静かで安全な『奥の宮』と呼ばれるところで、いわゆる皇帝の后達が暮らす御殿です。国中で最も賊が侵入しにくい」

「賊……」

「先ほど貴女を襲ったような奴らです」

思い出してしまった琶遙は、思わず肩を震わせる。

「絶華の存在が知れ渡れば、いずれはあのような人間でいっぱいになる。宮廷は何も、貴女を捕らえようとしているわけではなく、保護しようとしているのですよ」

「でも師匠や蒼翼は」

「彼らは守りきれると信じている。貴女を、貴女の自由と共に。しかしそんなことは不可能だ」

琶遙の言葉を遮《さえぎ》るように、カラクが言い切った。

「国中どこに潜《ひそ》んでいるか分からない膨大《ぼうだい》な敵を相手に、たった二人で立ち向かえると？　その考えにはすでに無理がきていることを、琶遙様も感じているはず」

琶遙の脳裏に疲れ切った蒼翼の寝顔が浮かぶ。カラクの話が真実だとすると、今後敵は特士だけでなくなるらしい。琶遙達が以前のように穏やかに暮らせるようになるまで、後どれだけ剣を振るい続けなければならないのだろう。

それに、とカラクは言葉を続けた。

「今のままでは、蒼翼殿は己の感情のままに貴女をさらに縛りつけてしまうでしょう。そしてそれは琶遙様の望みではない。今の貴女はすでに自由とは言えない」

「だけど大切に思われているんだもの、少しぐらい不自由でも」

「蒼翼殿の、貴女を守りたいという気持ちはよく理解できます。しかし琶遙様の気持ちはどうなります？　貴女だって同じように、蒼翼殿や志天勝殿の大切な命を守りたいはず」

「……」

そうかもしれない、と思う。苦難を一緒に乗り切ってくれというのなら、自分だって違う気持ちでいられた。でも、あんな風に何もかもをひとりで背負い込んで、辛そうにしている蒼翼をこれ以上見たくはない。もし自分の目の前で蒼翼が力尽きるようなことがあれば、琶遙は素直に「ありがとう」なんて絶対に言えないだろう。いや、それ以上に恨《うら》んでしまうかもしれない。なぜ、自分をもっと信じてくれなかったのかと。

「私は無理強いはしません。ただ真実をお伝えし、そして貴女が大切な家族を守りたいと望むのであれば方法があると申し上げているだけです」

それが宮廷へ行けということなのだろうか。

心が、大きく揺れているのが分かった。琶遙はギュッと目を瞑って、その揺れをおさめようとする。しかしカラクの言葉を聞けば聞くほど動揺は激しくなっていく。

蒼翼が自分のやり方で琶遙を守るというのなら。

（私だって私のやり方で二人を守りたいよ）

知らずと拳を握りしめていた。琶遙はその手を胸へと当てて考える。

このまま蒼翼を信じてついて行くことは、ただの甘えなのだろうか。それとも、守られてばかりでなく役に立ちたいと望むことが、裏切りとなるのか。

複雑な想いを抱えたまま、琶遙は答えを出せずにいた。

第二章　想いは時を超えて

琵琶《はよう》は捕らわれたのではなく、自ら選んで離れた——。

そのことが蒼翼《そうよく》を余計に傷つけていた。琵遙が怒《いか》りながらカラクと一緒に店を出て行った後で蒼翼はひとしきり腹を立て続け、のちに自己嫌悪に陥《おちい》りながら街中を駆《か》け回った。

琵遙の行方を追うためである。どうせ琵遙のことだ、思いつきの行き当たりばったりで行動しているに違いない。幸い街とその周辺は熟知《じゅくち》しているし、捜せばすぐに見つかるはずだった。しかし。

「マジかよ……」

正午を過ぎ、陽が傾きかける頃になっても、消えた二人の姿どころかその痕跡《こんせき》すら辿《たど》れなかったのである。

(嫌な予感がする。あの、俺よりもちょっとだけ格好いいカラクって男、優しそうな顔して実は相当の手練《てだ》れじゃねぇのか？　こんな短時間ですっかり消えちまうなんて)

それなのに、琵遙はまったく警戒《けいかい》しないでついて行ってしまった。肉詰めの蒸《む》し饅頭《まんじゅう》に美味しそうにかぶりつく琵遙の能天気な顔が思い出され、蒼翼の頬《ほお》が自然とひくついた。

「勝手にしろ！」

つぶやいてみるが、胸のざわつきは収まらない。

琵遙は無事なんだろうか。今頃、ひどい目に遭《あ》っているのではないか。もしどこかで泣いていたら、自分は一体どうしたらいいのだろう。

「くそ！」

拳を固める。もし蒼翼から離れることが純粋に琵遙の意志だけでなく、カラクが作為《さくい》的に動いているとしたら——二人がどこへ向かったのか、今の自分には皆目《かいもく》見当がつかない。

(あのカラクとかいう、自分よりもちょっとだけカッコイイ男は一体、何者なんだ？)

苛《いら》立《だ》ちながら大通りへと戻った蒼翼は、鋭い眼差《まなざ》しを人波へと向ける。

「あの、お客様」

そのとき誰かが遠慮気味に声をかけてきた。振り返るとそこには、琵遙と喧嘩《けんか》別れした店の主人が立っている。時刻はすでに夕刻を迎えようとしており、本来ならばこれからが店の商い時間なのだろう、店の出入り口に大きな看板《かんばん》が出ている。

「朝、こちらを利用して頂いた方のお連れ様ですよね？　すぐに店を出られましたので、お預かりしてますお料理分の料金が、だいぶん余っておりますが」

「いらねぇよっ」

即答で睨《にら》み上げる。その目つきが相当悪かったのか、店主は首をすくめてこちらを見ていた。「それよか」と蒼翼はそのまま罪なき店主に摑《つか》みかかる。

「ななな、なんで御座いましょう？」

「あの俺よりもちょっとだけ格好いいカラクって男。あれは何者だ、ここの常連か？」

「いいえ。わたくしどもも初めて見る方でしたが」

「本当か？　そんな奴相手に、なんで朝っぱらから特別料理出してんだよ」

「それはそのぅ……大変羽振りも良く、身なりもきちんとされている上に、お客様よりも少しだけ格好いい感じの方でしたので」

「お前、ナニ失礼なこと言ってんの？」

「ひぃ！　で、ですが、さっきご自分で」

「改めて人に言われると、腹立つんだよ！」

完全なる八つ当たりで、蒼翼は店主の首から乱暴に手を放す。そしてふと、思いついたように顔を上げた。

「料金分、まだ余ってるって言ったよな？」

「はい……そうですが」

「よし、それで馬を一頭手配してくれ。それから水と弁当も」

「はい？」

急な申し出に、店主は目を白黒させている。筋違いの要求に、少し申し訳ない気もするが、どうせ店主の方も料金過多分を誤魔化《ごまか》して小さく儲《もう》けるより、印象を良くして常連にさせようという魂胆《こんたん》なのだろう。それが証拠に、店主は困ったように手を揉《も》んでいる。

「ですが、それはその」

「早くしてくれ。でないとこの店、ぼったくりだって言い触らすからな」

「うう、それだけはご勘弁《かんべん》下さい。すぐに手配しますから、はい」

慌《あわ》てて店の者を呼ぶ店主の後ろ姿を、蒼翼は複雑な心境で見届ける。

（なんか俺、最近ちょっと師匠に似てきたかも？）

昔は卑怯《ひきょう》なことが大嫌いで真っ直ぐないい奴だったのに、と自分で自賛してみる。

それでも蒼翼が思いついたこれからの行動に、馬は必要不可欠だった。

幸い、この街から佳碧湖《かへきこ》まで五日もあれば到着する。今までは琶遙の足に合わせて速度を落として進んできたが、自分だけならば馬を走らせ夜を徹《てつ》すれば三日で着くだろう。

そこで自分達を待っているはずの師匠に会って指示を仰ぐ——非常に認めたくない事実だが、それ以外のとるべき道が見つからない。

何しろ、身元も分からない謎の美青年と共に、琶遙は誘われるまま消えたのだ。

(確かに琶遙はバカで能天気で怖いモノ知らずな性格だけど……それでも知らない男に軽々しくついて行くような奴じゃない)

一体、どんな方法で琶遙に取り入ったのか。今までの追っ手の中には、そんな頭の切れそうな人物はいなかった。ということは宮廷《きゅうてい》側の人間ではないということか。

分からない。今の蒼翼には圧倒的に情報が少なすぎる。

「くそ……っ。情けないけど、今はこの方法しか思いつかねぇ」

一瞬でも琶遙を一人にさせた自分の愚かさを考えると一気に気分は鬱々《うつうつ》としてくるが、この際反省会は後にして、とにかく今は一刻も早く志天勝《してんしょう》に再会し協力を得るべきだ。

握りしめた拳に悔しさを滲ませて、蒼翼はそう考えていた。


蒼翼が琶遙の身を案じながら佳碧湖を目指し馬を走らせていた頃——。

琵琶もまた、蒼翼のことを考えながら旅を続けていた。もっとも、目的地は佳碧湖から大きく外れ、来た道を戻るように宮廷へと向かっているのだが。

カラクと一緒に宮廷のある都『栄帝府《えいていふ》』を目指して旅を始めてから、すでに二日が経っている。

（迷いながらも結局、ここまで来ちゃったな……）

本当はカラクが少しでも拘束《こうそく》する素振りを見せたり、栄帝府へ行くことを強引に勧めてきたら、すぐに逃げ出す体勢は取っていた。さすがの琵遥もそれぐらいの用心はしていたし、また心のどこかでそれを望んでいた。もしカラクの行動に何らかの嘘《うそ》があったなら、それを理由に自分は、蒼翼の元に帰れる。今回の別行動は蒼翼達のためだ、と納得はしているものの、単純に「会いたい」という気持ちはなかなか消せない。

しかし、琵遥の望みに反してカラクは相変わらず親切で無理強いするようなところは一切なかった。そのうえ宮廷の者だという言葉に偽《いつわ》りはないらしく、蒼翼といた頃よりもずっと豪華《ごうか》な宿と食事で快適な日々を提供してくれている。

琵遥の最大の心配事である蒼翼と志天勝への連絡も、奥の宮に入って身の安全が確保されればすぐに全地域に馬を走らせて、彼らがどこにいても琵遥の状況と本心を届けるようにすると約束してくれた。

つまりは何も文句のつけようがないのだ。

（でもなぁ……それまで師匠と蒼翼はどんな気持ちで過ごすんだろう？　私に裏切られたって思うかな。だけど私だって二人に守られてばかりはヤなんだよ）

今日も街で一番高い宿のこれまた最も高級な部屋の窓から、夕方の空に浮かんだ白い月を見上げる。ちょうど中庭にある木の枝が月にかかり、まるで水墨画《すいぼくが》のような美しさだ。

琶遙はぼんやりと、蒼翼の怒った顔を思い出していた。蒼翼とは、ほぼ宿命的に毎日喧嘩を繰り返しているので、怒った顔ならいくらでも思い出せる。当然のことながら、そのどれもが憎たらしいものだけど、実は琶遙が気に入っている顔がひとつだけあった。

口を尖らせてこちらを見つめる、少し照れたような眼差《まなざ》し。それはどこか喜びと誇《ほこ》らしさを含んでいて――。

琶遙は、初めてその顔に出会った瞬間のことをよく覚えている。

あれは琶遙が九歳の頃。ひとつ年上というだけなのに、蒼翼の身体はぐっと逞《たくま》しくなり背もずいぶん伸びていた。琶遙にはそれが羨ましくて、また同時に眩《まぶ》しくもあって。

（桜《さくら》が見たいって泣いたんだよね、私）

だからきっと、春の出来事だったんだろう。寺のある山を下ってずっと西へ歩くと、村外れの川沿いに見事な桜が咲いていると志天勝が教えてくれたのだ。教えておきながら、しかし師匠は場所が遠すぎるからと見に行くことを禁じた。まだ幼い琶遙の体力では、到底無理な距離だったのだ。それじゃあ連れて行って、と頼むと面倒くさかったのか「心配しなくても桜は逃げやしない。もっと大きくなったら自分で見に行け」と断られてしまった。

（まったく、今考えてもヒドイ師匠だよ）

桜が見られないのが悲しくて、同時に「大きくなったら」という言葉がやけに悔《くや》しくて寺の庭先でひとり泣いていると、心配した蒼翼が「自分が桜の枝を一本取ってきてやるから」と慰《なぐさ》めてくれた。

それなのに自分は「絶対に大丈夫だから一緒に連れて行って」と散々駄々をこねた。桜の枝を持って帰ってきてくれるのをただ待っているのはつまらなかったし、第一蒼翼に負けたくない気持ちもあった。結局、押し切られた蒼翼が師匠に内緒で寺から連れ出してくれたのだが、案の定、琶遙は途中で疲れ切ってしまい一歩も歩けなくなった。蒼翼はそんな自分を阿呆《あほ》だの馬鹿だの散々罵倒《ばとう》してくれた挙げ句、

「……まったく手のかかる奴」

としゃがみ込んだ琶遙に手を差し伸べてくれたのだ。春の柔《やわ》らかな日差しの中に立つ蒼翼を、どれだけ頼もしく思ったかしれない。

（口が悪いのはあの頃からちっとも変わってないけど）

最後の最後に優しいところも、全然変わらないのだ。琵遙が今でも好きなのは、そのときの怒ったような顔だった。

蒼翼はその後歩けなくなった琵遙を背中に背負い、ふらふらになりながらも川沿いの桜までたどり着いたのだという。そこまでは記憶にないのだが……。

(おかしいなぁ、私には桜を見た覚えがないんだよね。その後に二人で師匠にお仕置きくらったことは強烈に覚えているんだけど)

昼ご飯抜きのおやつ抜きで庭に立たされベソをかいていた自分達を思い出して、琵遙はなんだかおかしくなる。本当に罰《ばつ》を受けなければならないのは、桜を見たがった自分ひとりなのに、蒼翼は最後まで黙って琵遙の我がままに巻き込まれてくれた。

そう、蒼翼はいつだって自分に優しい。優しすぎて切なくなるぐらいに。

「蒼翼殿のことをお考えですか」

「え?」

急に現実に引き戻され、琵遙は窓の外の月から部屋へと視線を戻した。

隣ではカラクが宮廷の作法に則《のっと》った丁寧《ていねい》なお茶を淹れてくれている最中で、その手元からは芳《かぐわ》しいお茶の香《こう》が立っている。

「まぁ蒼翼とは兄妹みたいに育ったから……急に顔を見ない日が続くと気にはなるよね。

あ、でも私が一番好きなのは、ダンゼン蒼鏡《そうきょう》様だよ？　蒼鏡様っていうのは」

「志天勝殿と義兄弟の契《ちぎ》りを結ばれた、元宮廷の近衛兵《このえへい》だった方ですね」

「……本当に詳しいね、カラク」

琶遙は目を丸くして、カラクを見た。

「カラクは知ってるの？　宮廷時代の二人のこと」

「いえ、二人がおられた十年前には、私はまだ宮廷に上がっておりませんでした。ですが志天勝殿と蒼鏡殿のご活躍は今でも我ら宮廷内では語り継がれております」

優秀な方々でしたから、と答えるカラクに琶遙は身を乗り出す。

「へぇ、どんな評判だったの？　師匠はともかく蒼鏡様の話を聞きたい！」

「……人の噂《うわさ》です、確かなことばかりではないのでしょう。それよりも貴女が実際に見てこられたお二人の姿の方が真実に近い」

柔らかく拒絶されたような気がして、琶遙は首をかしげる。「それよりも」とカラクは黄金色の瞳をついと上げて、違和感を薄めるように微笑《ほほえ》んだ。

「こちらの方こそ聞かせて欲しいですね、琶遙様が見られた蒼鏡殿の姿を」

その言葉に琶遙はたちまち嬉《うれ》しくなる。蒼鏡の話をするのは大好きだ。そこには蒼鏡との断ち切られた過去を愛《いと》おしみ、霞《かす》んでいく記憶を結び直しているような安心があるから。

「五歳までしか一緒にいられなかったけど、すごく素敵な人だったんだよ。蒼鏡様は捨て子だった私を拾ってくれたの。優しくていつも穏《おだ》やかで」

そこで琶遙は言葉を切った。そして胸に手を当てながら、普段なら口にしない大切な秘密を打ち明ける。一緒に旅をしてまだ数日しか経っていないが、カラクになら言えそうな気がしていた。

「……本当は顔もよく覚えていないんだ」

それは少し胸の痛む事実だ。どれだけ想い続けても、記憶は曖昧《あいまい》に遠のいていく。

「けど不思議だね、馬の上で幼い私を抱いていてくれた手、その温かさは忘れない。あの人の胸に抱かれながら、この場所なら安心だって、私、生まれて初めて感じたんだ。きっとそれだけで人は恋ができるし、二度と会えなくなっても想い続けられるんだよね」

カラクはそれに答えず、代わりに淹れたばかりの茶をそっと差し出した。

「水桃《すいとう》の葉のお茶です。よく眠れますよ」

透明感のある独特の甘い香りが琶遙の鼻孔《びこう》をくすぐる。琶遙はその珍しいお茶をこくりと飲んだ。喉元で香りが解け、たおやかな温度で流れ落ちるそれは、驚くほど美味しい。

「ですが、それは恋ではないでしょう」

「?」

「蒼鏡殿のことです」

カラクの真っ直ぐな金色の瞳には同情やおせっかいな感情はなく、ただ真実を述べているという印象を受けた。

「もちろん蒼鏡殿の存在は今でも琶遙様にとってかけがえのない大切な宝物には変わりないでしょう。ただそれは恋というよりも親愛という感情では？」

そうかなぁ、と琶遙は急に恥ずかしくなった。手にした茶器を両手で包みながら、ゆっくりとうつむく。

年頃になってから少し背伸びをして恋だの愛だのを語ってきたが、本当は恋愛について何も知らないのだ。それをカラクに見透かされている気がした。

「それはきっと憧《あこが》れのようなもの……今の琶遙様には、もっと情熱的に心を乱し、愛し愛されたい方がいらっしゃる気がしますが？」

「んー……カラクにだけは正直に言っちゃうけど。実は恋とか愛とか、本当はよくわかんないんだよね」

苦笑いしながらも元気に言い切る琶遙に、カラクは優しい微笑みを返す。

「その真っ直ぐで無邪気な性格こそ、琶遙様の魅力だと思います」

「う、やめて。今まで誰にも褒《ほ》められたことないから恥ずかしいよ。それよか、前から言ってるけど琵遙様って呼ばなくていいし、全体的にそんなに気をつかわなくていいよ?」

それは私の仕事ですので、とカラクはあっさりと首を横に振った。どうやら態度を変えるつもりはないらしい。

(それって私が絶華《ぜっか》だと信じているから?)

カラクは最初から、琵遙のことを絶華だと言い切っていた。しかし、自分は絶華のことすらよく知らず、ただ蒼翼と志天勝に迷惑をかけたくない一心でここまで来た。いずれにせよカラクの言う『奥の宮』という場所へ行き、そこで真偽《しんぎ》を確かめようと思っていたのだが……。

「明日には栄帝府へと到着できます。それまでごゆっくりおくつろぎ下さい」

茶の道具を片付け終えて丁寧に頭を下げながら部屋から出て行こうとするカラクを、慌てて琵遙が呼び止めた。

「あ、あの!」

あのね、と言いにくそうに、カラクの前にぺたんと座る。蒼翼との桜の思い出や、恋愛について話しているうちに琵遙の心の中に浮かんだ想い——。

「私、蒼翼の元へ帰りたい」

琵遙の言葉にカラクが瞠目《どうもく》する。

「もちろん、今戻ることは意味がないって分かってる。私だってこの数日間の旅を無駄なことにしたくないいし、蒼翼や師匠を守りたいって気持ちは変わらない」

「ではなぜ？」

カラクを信頼しているからこそのお願いだった。

「実は……嘘なの」

「嘘、と申しますと？」

「私ね、絶華のこと……ちょっとだけ師匠から聞いてた」

もちろん絶華の伝説自体はよく知っている。というか、この国の民で知らない者の方が少ないだろう。しかし琵遙には、それ以上に気になることがあった。自分の胸に生まれつきある、花のような痣《あざ》である。もしかして自分は絶華ではないか、そう考えた琵遙はさっそく志天勝に相談したのだが、返ってきたのは「偶然だろ？」という何とも投げやりな返答と「大体、絶華は傾国の美女だ」という失礼極まりない否定だった。

（あのときムカつきながらも安心して、話はそれきりになってたんだけど……）

まさか今頃になって絶華だと決めつけられて、宮廷から追いかけ回されるとは思ってもみなかった。

「師匠はそのときあり得ないと言いながら、もし私が絶華だとしても十五歳になるまでは分からないって言ったの。私は今年でちょうど十五」

もちろん、琶遙は今でも自分が絶華でないと信じている。五歳まで宮廷にいたとされる本物の絶華と違い、自分は赤子のときからずっと古寺にいたのだから。

だから皇帝の特士達もカラクも、ずっと自分を絶華だと誤解しているだけと思っていた。しかし旅を重ねるごとに不安は大きくなっていく。なぜなら、特士はともかくカラクは決していい加減な情報で動くような人物には見えないからだ。

「ねぇ。どうしてカラクは私が絶華だって言い切れるの？」

琶遙の質問に、カラクは首を横に振った。

「誰も確かめたわけではないのです。志天勝殿の言うとおり、十五になるまで分からない」

「それじゃあ何か確かめる方法はあるの？　あるんだったらお願い、今すぐにカラクが確かめて。そしてもし……絶華じゃなかったら……蒼翼の元へ返して欲しい」

「それは」

カラクの顔に戸惑《とまど》いが浮かぶ。彼にしては珍しい表情だ。

「分かってる、本当は宮廷に入ってから確認するんだよね。私も最初は、とにかく奥の宮っていうところに入らないと特士も私達を追いかけるのをやめないだろうし、カラクも仕事を全うできないって思って黙ってたんだ。でも」

カラクの着物の裾を握りしめて、精一杯懇願《こんがん》してみる。

「私、やっぱり蒼翼の元に帰りたいの」

長い沈黙の後、カラクは困惑《こんわく》したようにため息をつく。

「確かに貴女が絶華でなければ、宮廷に入れる意味はないのでしょう。今すぐに真偽を確かめて蒼翼殿の元へと帰す――その願いが叶えられるのは今、ここにいる私だけです。宮廷に一度入れば、私の一存では勝手に逃がすことはできませんし」

「でしょ？」

思い通りに事が運びそうな雰囲気に、琶遙は嬉《うれ》しくなって声を弾ませた。

「ですが……後悔はないですか？　私が絶華を確認してもよろしいのですか？」

「どういうこと？」

首をかしげて聞き返す琶遙に、カラクは「やはりご存じないのですね」とさらに言葉を重ねた。何故か言いにくそうな表情だ。

「絶華とは、男に抱かれてもっとも快楽を高められたときに現れるという美しい華の入れ墨《ずみ》なのです。それは全身に立ち現れて、美しき姫君の裸体に咲き誇ると言われている……」

「ヤダ、なにそれ？」

予想外の答えに、琶遙は飛び上がらんばかりに驚いた。

「あはは、それはカラクにも無理だよね、そんな。恋人でもないのに、ね」

引きつった笑いを浮かべてカラクを見れば、あろうことか否定するようにそっと首を振っていた。さらりと揺れる紫銀の髪が、やけに色香を添えている。

「私は宮廷の仕事として閨房《けいぼう》も徹底的にたたき込まれました。それが政治的主要人物の妻へと取り入り、あらゆる情報を聞き出すために、最も効果的なやり方でしたから。だから琶遙様のような男を知らぬ女性を絶頂へ導くことなど容易《たやす》いことです」

「!? 嘘」

想像もつかなかった答えに、琶遙は絶句した。

「お気持ちは察しますが」

「ちょ、ちょっと待って！ じゃあ、宮廷で絶華の真偽を確認することになったらそれは」

「皇帝がお相手になりますが」

ヤだぁ、と琶遙は赤面した顔をブンブンと振った。いくら天下の皇帝とはいえ、琶遙にとっては見ず知らずのおじさんと同じだ。そんな人間に抱かれるなんて無理、絶対にあり得ない。それならばカラクの方がずっといい。

（って！ 私ったら何考えてんのよっ）

あまりの恥ずかしさに思考がおかしくなっている。琶遙は少しでも自分を落ち着かせるために、肩で大きく息を吸った。

　まったくとんでもない話である。しかし、いずれ誰かに抱かれないと絶華の真偽はいつまで経っても確かめられない。それは、琶遙や蒼翼達が永遠に追いかけられる人生を意味していた。

「……うう」

　上手く答えられずにうつむいてしまった琶遙の顔をのぞき込むようにして、カラクは優しく、

「怖くなりましたか？　当然ですよ、こういうことは時間をかけて受け入れるべきことです。そのためにも奥の宮でゆっくりとお気持ちを整えられてから、皇帝をお迎えに」

　カラクの手が琶遙の肩に触れる。反射的に身を硬《かた》くしながらも、琶遙は意を決してカラクを見上げた。

「本当に、今カラクが私を抱いて絶華じゃないって分かったら、蒼翼のところへ帰してくれる？」

「それはもちろんですが」

　いいのですか、と戸惑うカラクの顔を、琶遙はすでにまともに見ることができない。そのままカラクに背を向けて、窓の外の月を見た。そして、

「いいよ」

と、やっとの思いで小さく頷く。しばらくして後ろからそっと抱きすくめられた。

そのまま腰からゆっくりと帯を解かれる。

（どうしよう。このまま最後まで……？）

不安で胸が高鳴り、全身を巡る血が逆流しそうな気持ちになった。

「大丈夫。あなたを傷つけるようなことは致しません」

琵遙の思いを察したように、カラクの優しく低い声が耳の奥へと流れ込む。それすらも媚薬《びやく》のように、緊張している琵遙を痺《しび》れさせた。

帯を解いて絹の襦袢《じゆばん》の上から腕を伝い、背中を優しく愛撫《あいぶ》してくる。慈愛《じあい》に満ちた動きはまるで、怪我をいたわる治療のようでもあった。

（街で襲われたときと全然、違う）

見知らぬ男に身体を触られることにあれほど嫌悪を感じていたはずの琵遙は、カラクに対しては逆の気持ちであることに気づく。

うなじから首筋。背中から腹部にかけて滑るようなカラクの指先が、うっとりとするほど気持ちよい。その感覚をもっと深く得ようと、無意識のうちに琵遙は瞳を閉じていた。

「あ……」

思わず小さな声を上げてしまう。カラクが琵遙の胸に触れのだ。かすかに触っただけなのに、全身に柔らかな電流が行き渡る。何かが奥で疼《うず》くような甘い痛み。

「こちらを向いて」

耳元でささやかれ、琵遙は抵抗することなくカラクの方へと身体を向けた。窓が背後になる。胡座《あぐら》をかいて座るカラクの左の足の上に、琵遙はそっと乗せられた。

向き合うような格好に琵遙は戸惑うが、胸の辺りにカラクの顔がくるために視線が合わないのがせめてもの救いである。

琵遙を驚かさないように気を遣っているのか、カラクはそっと胸よりも上だけの前衣をはだける。熟《じゅく》しきらない少女の白い素肌が現れた。

「これが……絶華の証かもしれない印ですか」

カラクは両鎖骨《さこつ》の中央、胸の谷間の上部辺りにある小さな痣のようなものを見つけて言った。琵遙の言うとおり、入れ墨というよりはまるで痣のような紅《あか》い小さな花びら――確かにこれだけで絶華だと決めるにはあまりにも頼りない印である。

「これは本当に生まれたときからあったの。でも、師匠はただの痣だって言ってて……!」

琵遙の身体を痺れるような快楽が貫いた。そこにカラクの唇が押し当てられたのだ。

「それはこれから分かることです」

ゆっくりと唇を離して、カラクは告げる。無意識に逃げようとする琶遙の腰を右手で強く抱き止め、空いた手をふくらみのある胸へと押し当てる。まるで波が打ち寄せるように繰り返される唇と指先の愛撫《あいぶ》に、琶遙は自分の吐息が乱れてくるのを感じていた。

頭の芯《しん》が熱を帯びたように痺れてくる。カラクが先ほど言っていた「もっとも快楽が高まる」というのは、今のことを言うのだろうか。本当に自分の身体に絶華は咲くのか？

ぼんやりした頭でそんなことを考えていると、胸を愛撫していた手が鳩尾《みぞおち》を伝い、大腿《ふともも》まで降りてきた。カラクの器用そうな細い指先が、その奥まで伸びてくる。

「ヤ、ヤダ……そんなとこ」

琶遙は首に抱きついていた手を外して、慌ててカラクの手を阻んだ。恥ずかしい……いや、今でも十分に恥ずかしい思いはしているが、胸とは違い官能的に疼いている身体の核心部に触れられることにはかなりの抵抗がある。

「その……この先までしなくちゃダメなの……？」

「絶華の証拠を示すなら」

確かにカラクの技巧を使えば、ある程度経験のある女性に限り胸の愛撫だけで頂点まで連れて行くことは可能である。しかし、まだ快楽の入り口しか知らない初心《うぶ》な琶遙相手では、それも難しいのだ。

「何もご心配なさらず、私に身をゆだねて下さい」

琵遙の羞恥《しゅうち》を思いやるかのように、カラクはわざと顔を上げずに彼女の胸に向かって言い聞かせる。カラクの息の温度までが伝わるくぐもった声でそう言われると、直接、心に言い聞かされているようだ。

カラクを信じようと決心して、こわばっていた身体の力を抜いた途端。

彼の手が琵遙の身体の一番奥まで触れてきた。その柔らかく包み込むような仕草に、恥ずかしさと恐怖がいくらか緩《ゆる》む。まるで小動物を可愛がるように少しずつ愛撫の範囲を広げていく指先が、目を閉じた琵遙の意識の中で少しずつ形を失っていく。

それから先は、自分に何をされているのかまったく分からなくなった。ただ触れている部分が蕩《と》けていくような感覚だけがある。それは快楽を通り越して少し恐くもあった。カラクの指先が動く度に、身体から熱いものが流れ落ちる。再び胸に押し当てられた唇の動きと連動して、琵遙の心と身体はどこか遠くへと導かれていく。

「いゃ……あ……！」

やめて、と言おうとしたのに吐息しか返せない。こんなときに限って、今まで優しかったカラクはその動きを止めて、琵遙の様子を窺おうとはしなかった。

（ヤダ……私、本当にどうにかなっちゃうよ……！）

胸のときとは比べものにならないぐらいの激しい官能の波に翻弄《ほんろう》される琵遙は、抗《あらが》う術《すべ》を持たないままにさらなる高みへと押し上げられていく。

「！」

いきなり強烈な快楽が全身を貫いた。カラクの肩に回した手が、強く強く握られる。昇りきった精神が急落する――経験したことのない快楽と官能、そして恐怖の中で、琵遙はただカラクにしがみつくことしかできなかった。

そのときだった。

「これは……琵遙様……っ」

いつも冷静なカラクの、初めて聞くような上擦《うわず》った声が耳元で響《ひび》く。ともすれば遠く霞《かす》んでしまいそうになる意識を懸命《けんめい》につなぎ止めて、琵遙は閉じていた瞳を開けた。

「ご覧下さい、ご自分の身体を！」

言われるままに視線を落とす。琵遙の白い身体は桜色に染まっており、そこに見事に咲き誇る花が幾《いく》つも鮮やかに浮かび上がっている。

「カラク、これって……」

急に怖くなった琵遙は、カラクの肩に置いた手にぎゅっと力を入れた。しかし、いつもならば落ち着いて対応してくれる彼も、今回ばかりは目を見張って食い入るように絶華を

見つめている。

「こんな美しいものが、他にあるでしょうか」

讃《たた》える言葉が見つからない、とばかりに乾いた声でカラクが言った。確かにそれは、琵遙が見ても綺麗《きれい》だと思えたし、そればかりでなくこの世のものとは思えない凄みがあった。全身に咲き誇る絶華は、血のように紅い大輪《たいりん》の華々——それは琵遙の白い肌の上で豪奢《ごうしゃ》で妖艶《ようえん》な輝きを放ち、見事な気高さで見る者の心を圧倒する。

「あ、消えていく……」

湿った声で琵遙がつぶやいた。まるで潮《しお》が引くように、琵遙の身体から絶華が消え去っていく。同時にカラクによって身体の中心部に呼び起こされた焔《ほむら》が、静かに鎮《しず》まるのが分かった。

「数百年に一度生まるる姫が十五になりとて抱きし者、全身に刻まれし『絶華』の花のうつろいをまもりし。それを見し者、世を広く興し余りある繁栄を手に入れむ」

「カラク？」

「確かに絶華の美しさは男を変えます。絶華を手に入れた者は、琵遙様を失わずに済むためにはどんな苦労も厭《いと》わないでしょう。貴女が望めば天下さえも……」

膝《ひざ》に乗せた琵遙を、カラクの真剣な眼差しが見上げている。その吸い込まれそうな黄金色の瞳に、琶遙は赤面しながら首を振った。

「そんな、大袈裟だよ。絶華なんてすぐに消えちゃったし。大体、そういうカラクは絶華を見ても変わらないでしょう?」

琶遙のはだけた前衣を丁寧に着せ直しながら、カラクは微笑んだ。

「それはまだ快楽の入り口に過ぎないからですよ。貴女を夜ごと愛し、快楽の極《きわ》みまでともに行き着くことになれば、私も自分に自信は持てません」

「そ、そうなの!?」

あれ以上過激なことなど、今の琶遙には想像もつかない。

「絶華を手に入れる……それはいずれ、すべての男の夢となるでしょう。今でも私は貴女を押し倒して最後まで行き着いてみたい。そうすればもっと素晴らしい完全なる絶華を見ることができる、という欲望を必死に押さえているんですよ」

「……!」

琶遙がカラクの話を全面的に信じてついてきた最大の理由は、その正直さにある。

少しでも隠し事をしたり偽ったりする様子を見せれば、ただちに蒼翼の元へと帰ろうと決めていたのだが、カラクにはまったくその気配がない。だからこそ琶遙も心を許したのだ。しかし。

（カラクってば。何もそこまで正直に言わなくてもいいじゃん）

手でパタパタと扇いで顔の火照りを冷ましながら、琵遥は大人の世界の奥深さを噛みしめていた。

カラクは乱れた着物をすっかり整え直すと、両手で琵遥の腰を抱いて自分の膝からそっと下ろした。一見したところは細い腕なのに、武術を心得ている者らしく琵遥など軽く持ち上げてしまう。借りてきた猫のようにされるがままになっていた琵遥は、ぺたりと座敷《ざしき》に座り込んでカラクを見上げた。

そこにはすでに表情を引き締めて仕事仕様になったカラクの顔がある。

「さて、それでは私は別室へ戻ります。これ以上の行為は、決して傷つけないと約束した琵遥様へのお言葉を破ることになりますし、皇帝への裏切りともなりますから」

「？　裏切りって」

「絶華である以上、私は貴女を皇帝に差し出さねばならない」

「!?」

初体験の強烈さにすっかり忘れていたが、そもそも蒼翼に会いたくて琵遥から持ちかけた話だ。まさか本当に絶華だとは思わなかったので、頭が上手くついていかないが――。

「ということは、本当に帰れなくなっちゃったの……」

皇帝のことよりも、蒼翼達に会えなくなることが琶遙を落ち込ませた。奥の宮へ入った後でも「自分は絶華じゃない」と誤解を解くことで、昔の生活に戻れると信じて疑《うたが》わなかったのだ。

(それがまさか、本当に絶華だったなんて……)

すっかりしょげてしまった琶遙を慰《なぐさ》めるように、カラクが口を開く。

「悪い話ばかりではありません。貴女が絶華である以上、終生奥の宮での何不自由ない生活が約束されます。それをお伝えすれば、蒼翼殿も志天勝殿も安心なさるでしょう」

「そう、だよね。あの二人には迷惑かけたくないもん」

自分さえ覚悟を決めれば、蒼翼も志天勝も国破りなどしないで済む。二人はあの古寺に戻るだろうか？　そしていつか自分も、二人を訪ねて遊びに行けたりするのだろうか。

(お土産には、この美味しい水桃のお茶を持って行けるかな。師匠の好きな春巻きと蒼翼の好きな清菜炒《ちんさいいた》めも、宮廷で作ってもらって持って行こう)

心の中で必死に自分を慰めながら、琶遙は窓の外の月を見る。そこには先ほどと変わらない白い月が、暗い闇《やみ》に清らかな光を送り続けていた。

見上げれば、群青色《ぐんじょう》の空に明けの明星《みょうじょう》が輝いている。

街からずっと無理をして走らせてきた馬を労《ねぎら》いながら、蒼翼はようやく速度を落として周囲を確認した。眼前には対岸が見えないほど巨大な湖が広がっている。

佳碧湖《かへきこ》だった。この湖の向こうはもう隣国『玄《げん》』の領域である。両国は今のところ平和的関係にあるため比較的警備も薄いが、許可を取らずに国境越えをする『国破り』には死罪に等しい厳重な処分が下されている。

「さて。師匠《ししょう》はどこにいるんだか」

馬を降りて周りを見渡す。

湖はまるで鏡のように静かで人はおろか猫一匹見あたらない。それもそのはず、通常ならばみな寝静まっている時間帯である。

しかし、あらゆる意味で通常ではない師匠のことだ。油断はできない。国破りを覚《さと》られないように追っ手を巻きながら、大きく迂回した蒼翼達よりも早く、志天勝はこの場所に到着しているはずだ。もちろん予定外のことさえ起きなければ、の話だが。

「まさか」

嫌な予感が蒼翼の脳裏をよぎる。

よくよく考えればいくら手練れの志天勝とはいえ、あの人数をたった一人で切り抜けなければならなかったのだ。もしかしたら怪我をして途中で動けなくなっているのかもしれない。最悪の場合、死んでいることだって――。

蒼翼の胸がぎゅっと締めつけられて、不吉な想像がふくらんでいく。刹那《せつな》。

「遅せぇつーの」

後頭部に衝撃が走った。

「ぐほっ」

さきほどまで一切気配などなかった位置から、かなりの速度で遠慮なく殴《なぐ》られている。

無様に前のめりに地面に顔を突っ込んでしまった蒼翼は、たちまち己の愚《おろ》かさを知った。

顔を上げずとも、相手が誰かは十分に承知している。そうだ、こういうことを技術的にも性格的にもできる男はただひとり。

「……師匠」

心配なんかしてやるんじゃなかった、と心底後悔して蒼翼は勢いよく顔を上げる。

「いきなり殴ることないでしょうが！」

「うるせぇ。こちとら待ちくたびれちまって、その間に思わず佳碧湖のお茶屋の娘といい仲になっちまったじゃねぇか。どうしてくれんだよ？」

「それ俺のせいじゃないですから、絶対」

ぐずぐずと起き上がり服の土埃《つちぼこり》を払いながら、蒼翼が口を尖《とが》らせる。

おそらくお茶屋の娘にもらったであろう温かそうな饅頭を頬張りながら、志天勝は首をかしげて言った。

「琵遙はどうした？　一緒じゃないのか」

「それが……」

蒼翼は、先の街であったことを手短に説明する。それを聞いていた志天勝の顔色がみるみる変わっていくのが分かった。

「馬鹿、お前が付いていながらなんでそうなるんだよ？」

「……！」

それは何度も自分に問うた言葉だった。原因が自分にあることなどよく分かっている。

絶華のことや琵遙の過去についてきちんと説明しなかった自分がすべて悪いのだ。

それでもほとんど反射的に、蒼翼は言い返していた。

「だって！　あいつ、自分から離れたんです。仕方ないじゃないですか」

そう言って強がってはみるものの蒼翼が強烈に後悔《こうかい》していることなど、育ての親ともいえる志天勝に伝わらないはずがなかった。

「やれやれ。このできの悪い弟子達を、可能ならば二人並べてタコ殴りにしてやりたいが」

わざとらしく大きなため息をついて、志天勝はさらりと話題を変えた。

「まだまだお子供様だな、蒼翼は。で、どんな奴だった?」

「?」

「その、俺達の姫様を連れ去ったイイ男ってのは」

「えと。やたら身なりのいい服を着てて、紫銀《しぎん》の長い髪をしていて……確かカラクって名乗っていました。偽名かもしれないけど」

「偽名じゃない」

志天勝の短い返答に、蒼翼は驚きながらも安堵《あんど》の表情を含ませて顔を上げる。

「ひょっとして師匠、ご存じなのですか?」

だとしたら自分が思っていたよりも早く、琶遙を見つけ出せるかもしれない。緊張と不安で冷え切っていた蒼翼の心に、かすかに温かさが戻ってくる。

しかし、それとは対照的に志天勝の顔には厳しさが増していた。

「奴なら偽名など使わなくても思い通りの仕事ができる。カラクか……やっかいだな」

「どういうことです?」

いいか、と志天勝はその場にしゃがみ込むと手近にあった小枝を取った。地面に大きく『皇帝』と書く。そこから直接、線を引き『特士』と付け加えた。

「俺達を表立って狙ってきたのは、皇帝に派遣された特士達だ。普段は別の仕事をしているわば役所の勤め人に過ぎない。一応、上から命令が出たから俺達を追いかけ回しているが、絶華の意味すら知らない輩《やから》も多いだろう。対してカラクは」

『皇帝』の場所から、もう一本の線を引き『奥の宮・紅蓮后《ぐれんこう》』と書き込む。そのすぐ下に配置されたのが『カラク』という名前だった。

「奴は奥の宮に住む紅蓮后直轄《ちょっかつ》の人間。それも相当の手練れだ。狙《ねら》った獲物《えもの》は絶対に逃がさない上に、絶華の価値を十分に知っているはず」

「……あいつも、宮廷側の奴だったのか」

「宮廷側とはいえ、闇の部類だ。正式な表の仕事とは別に秘密調査から暗殺まで幅広く請け負う。敵としては別物と考えた方がいい」

「くそ、そんな男に琵遙は騙《だま》されて」

「騙されたというのはどうかな。カラクは不正を好まない、正直な人物として有名だ」

「暗殺までしておいて？」

「宮廷とはそういう場所さ。正当な理由で暗殺が行われる」

不審げに問い返す蒼翼に、志天勝は涼《すず》しい顔で肩をすくめ「ともかく」と話を続けた。

「案外、カラクは事実をそのまま伝えたのかもしれんぞ」

「そのままって」

「おそらくカラクは、今のままお前と逃げ続けるよりも奥の宮に入った方が遙《はる》かに安全だと言ってのけたんだろう。灯台もと暗しっての？　皇帝の特士達から逃れるには、自らが宮廷に入ればいい。それに特士に捕まれば皇帝へ直接献上されるが、奥の宮は正室である紅蓮后の支配下にある。そこは宮廷とは似て非なる場所だ」

言われてみればそのとおりだ。琵遙が身を寄せる相手が皇帝ではなく奥の宮の紅蓮后で、もし彼女が皇帝への受け渡しを拒否して『絶華』を保護すれば、皇帝とはいえ簡単には手出しできないに違いない。

「でも……それだけで奥の宮が安全だという証拠もないじゃないですか。そんな話だけで琵遙はついて行きますか」

「あともうひとつ。琵遙さえ大人しく奥の宮に入れば、俺や蒼翼が狙われる理由もなくなる。今後の俺らの危険も考えたら……ってな」

志天勝は肩で大きく息をつくと、手にした小枝を目の前の湖に投げる。幾重にも水輪が広がり、湖上の月に照らされてキラキラと輝いた。

「守ろうと、したんだろ」

消えていく水輪を見送りながら、志天勝がぽつりと言った。

「琵遙はさぁ。普段は元気いっぱいの言いたい放題、考えなしの馬鹿娘みたいな奴だ」

志天勝はそこで一旦言葉を切り、隣で難しい顔をしたまま立っている蒼翼を見下ろした。蒼翼も決して背の低い方ではないが、身丈夫な師匠と並ぶと頭ひとつ分の高さが足りない。

「そのうえ、色気もなく俺様への尊敬と感謝にも欠けている奴だが！」

「あの、もうその辺でいいスよ」

本筋を逸れて力説する師匠を、蒼翼が的確に止める。そんな弟子の行動が功を奏したのか否か、志天勝はひとつため息をつくと「だがな」と声色を下げた。

「本当は自分以外の人間の痛みにとても敏感《びんかん》な、心根の優しい子だ。俺やお前を守るために宮廷に行けと言われちゃ、逆らえないさ」

「……」

志天勝と並んで穏やかな湖面を見つめながら、蒼翼はひとり考え込んでしまう。その横顔はひどく真剣な面差しで、自分に突きつけられた残酷《ざんこく》な答えを見据えていた。

その頭の中までお見通しといった感じで、志天勝は軽く笑う。そして、

「さて。どうやって助けにいくかなぁ」

と言い放つと両手を広げて大きく伸びをする。まるでそれが、当たり前のように。

蒼翼がポツリと言った。

「待って下さい、師匠」

「なんだ？」

師匠は答えを分かっていて、わざと知らない振りをしている。

蒼翼は戸惑い、一瞬だけその先の言葉を濁《にご》そうとした。きっと、それは言ってはいけないことだと分かっていたから――それでも。

蒼翼は震える心を抑えながら口を開く。それは避けてとおれない現実だからだ。

「あいつは……琶遙はもうこれ以上、俺達といても幸せにはなれないんじゃないですか」

志天勝からの反応を聞くのが嫌で、蒼翼は矢継ぎ早に言葉を並べていた。

「琶遙はカラクって奴の話をちゃんと聞いて、自分の判断で俺らから離れた。それが、あいつの出した答えだとしたら。もう……」

「なに言ってんだ蒼翼。お前まさか本気で、このまま放っておく気か？」

「だって！　そうじゃないですかっ。琶遙はもうどこに逃げたって色んな男に追われる」

それが絶華の宿命だ。今まではバレていなかったから自由でいられた。でもこうなってしまった以上、琶遙はただの琶遙でいられないのだ。

ならばあの男が言ったように、宮廷で暮らすのが一番安全ではないのか。

「師匠だって、これからずっと琶遙を守りきれるなんて本気で思ってないんでしょう？」

二人の間に、かすかな沈黙が流れた。夜風が静かに湖面を流れていく。

「蒼鏡がなぜ琶遙を連れて逃げたか、その命を以て一体何を守ったのか。お前には全然分かってないんだな」

かすかに怒気《どき》を含んだ志天勝に、蒼翼は唇を噛みしめて強い視線を投げた。

ここで兄の名前を出すなんて卑怯《ひきょう》だ。兄のことを「今でも愛してる」と言い切る琶遙の無邪気な笑顔が浮かんでは消える。蒼翼は再び唇を強く噛んで「……そうですよ」と絞《しぼ》り出すようにつぶやいた。

「結局、兄貴のやったことなんて全部無意味だったんじゃねぇか！」

いきなり殴られた。志天勝の真っ直ぐな拳《こぶし》が蒼翼の左頬を打つ。手加減などなかった。それは通常の戦闘で受けるものとは異なっていて、胸の奥へとがつんと響《ひび》く痛みだ。

「……ってー」

拗《す》ねたように横を向く。

「殴った方がもっと痛いって言うが、あれ嘘《うそ》だな」

俺は全然痛くねぇもん、と志天勝は手をひらひらとさせた。

「お前がまだ下らねぇこと言い続けるなら、俺はどんだけでも殴れんぜ？　やるか」

蒼翼はしばらく、ふざけたように攻撃の構えをとる志天勝を睨《にら》みつけていたが、やがて張り詰めた糸が切れたように座り込んだ。

その横に志天勝もゆっくりと腰を下ろす。

眼前には、相変わらず静かな佳碧湖が広がっていた。

「なぁ蒼翼、お前はまだガキだから分かんないだろうが……女ってのはいつも好きな男の側にいて、そいつと愛情を分け合えてさえいれば、それが一番幸せなんだよ。それがどんな過酷《かこく》な状況でもな」

「側になんて、いないじゃないですか。兄貴は死んじまったんだ。琵遙を残して」

お前がいるだろ、と志天勝は蒼翼を指さした。

「な、何言ってるですか。琵遙は俺のことなんて」

赤面しながら急に小さくなった声に、志天勝は「だからガキなんだ」とため息をつく。

「琵遙の気持ちをあれこれ考える前に。お前はどうなんだよ、蒼翼」

「俺は……どうせ琵遙は……」

「自分の気持ちもぶつけずに相手の愛情だけ求めるな、馬鹿者」

今度はゴツンと頭頂を殴られる。佳碧湖で合流してからこれで三発目だ。師匠とはいえいい加減、反撃せねばと蒼翼がいきり立つ。しかしそれよりも早く、志天勝が蒼翼の肩に手を置いた。思いがけず温かくて、がっしりとした重みがある。

「なぁ蒼翼。俺が言うのもなんだが、琶遙は本当にいい女だよ。普通なら俺がとっくにもらっている。蒼鏡の愛した女じゃなければ、な」

「愛した女って」

「そうだ。あの頃の琶遙は五歳で蒼鏡は十七歳。恋愛関係は成り立ちにくい感情かもしれんが、蒼鏡は確かに琶遙を愛していた。まるで我が子か妹を想うように。だからこそ、自らの命をかけて守れたんだ」

「……」

「さっきお前は『これからずっと琶遙を守りきれるなんて本気で思ってないんでしょう？』って聞いたよな？　ところが本気で思ったんだよ、蒼鏡は。たとえ相手が国だろうと世界中の男を敵に回そうと、琶遙を守り抜くってな。そして」

志天勝の強い眼差しが、蒼翼を貫くように向けられた。

「その想いをお前に託した。蒼鏡が琶遙に注いだ愛を、今度はお前が継げばいい。お前がこれから琶遙とどういう絆を結ぶかは好きにすればいいが、それでも自ら断ち切るようなことだけは許さない。蒼鏡の義兄弟としてな」

普段は見せない志天勝の真剣な横顔に、蒼翼は改めて思う。この人もまた、兄の志を受け継いで生きているのだと。

「琵遥が好きなら命を賭けて最後まで守ってやればいい。側にいない方が幸せだなんて下らないことは考えるな。今、生きてあいつの側にいてやれるのは蒼翼、お前なんだよ」

志天勝の力強い言葉が、蒼翼の心に沁《し》みた。今まで蒼翼を支配していた弱さや強がりは姿を消し、乱れていた感情が静まっていく。

やがて本当に大切なことだけが見えてきた。蒼翼はその想いの強さを噛みしめる。

本当に自分にできるのか。また、琵遥にとって良いことなのかは分からない、分からないけれども——。

「俺、琵遥を取り戻したい……」

相手が皇帝だろうが奥の宮だろうが、国中の男だろうが関係ない。誰からでも取り返す。そして側にいて守りたいのだ。琵遥が「もういらない」と言うまで、ずっと。

「それが俺の、俺自身の願いなんだ」

「よぉし！　その意気だ、この未熟者が」

満足したように志天勝は、蒼翼の肩を叩いた。一見、温かい激励に見えるが、その力加減はすでに「殴る」の範疇《はんちゆう》だ。

（……絶対、わざとやっているよな？）

四発目、と蒼翼は心の中で数える。いくら師匠でももう我慢ならない。蒼翼は勢いよく立ち上がって拳を固めた。

「さっきから痛ってーんだよ、このオヤジ！」


奥の宮の御殿《ごてん》に入った琵遙は、たちまち豪奢《ごうしゃ》な着物を着せられ髪を結い上げられ、さらに見たこともない宝石の数々で飾《かざ》りつけられてしまう。

「お、重い」

武術に関しては体力に自信もある琵遙だが、こういう重圧にはいささか不慣れだ。疲労困憊《こんぱい》、というのが正直な気持ちだった。

「よく似合ってますよ。近年希《まれ》に見る美しい姫君だと、世話をした女官達もみな申しておりました」

隣でカラクが目を細めている。

「奥の宮の人って、け、けっこう体力勝負な感じなんだね」

「そのうち慣れますから、いましばらくご辛抱《しんぼう》を」

そんな琵遙を見て笑いをかみ殺しているカラクもまた、見慣れた旅装束《しょうぞく》から立派な宮廷衣に変わっており、その貴公子然とした美貌《びぼう》がますます際だっていた。

「……う」

輝くように整ったカラクの横顔に改めて感心しながら、栄帝府に入る直前の宿での恥ずかしい体験を思い出した琵遙は、ひとり密かに赤面する。

（黙っていてくれるって約束したから安心だけど。それでも照れるよぉ）

何事もなかったかのように涼《すず》やかな顔で座しているカラクに「やっぱ大人だなぁ」と感心する。少しでも気分を鎮めようと、琵遙は改めて部屋を見渡した。

鳳凰《ほうおう》をかたどった木枠から、見事な庭が見える。琵遙が育った古寺にも庭があったが、同じ名称で呼ぶことが躊躇《ためら》われるような立派さだ。一面に敷き詰められた瑠璃《るり》色の砂利に清らかな小川が流れ、丁寧に剪定《せんてい》された木々や色とりどりに咲き誇る草花が絶妙の配置で植えられている。他にも小川が流れ込む池や橋、その奥には巨大な岩から流れ落ちる滝まであった。

（皇帝ってやっぱり、すごぉくお金持ちなんだなぁ）

いささか間の抜けた感想を抱きながら、琵遙は視線を室内に戻す。そこはそこで、また豪華絢爛《ごうかけんらん》な装飾にあふれていた。天井には季節ごとの花々と龍《りゅう》の彫刻が隅々まで施されており、上品で重厚感のある卓子や灯り台にも黄金や宝石が細やかに埋め込まれている。

部屋の奥の一段高い場所には、黒大理石に貝殻細工をあしらった長椅子がひとつ置いてあり、そこにはまだ誰も座っていなかった。

そのとき。

「紅蓮后様、おなりで御座います」

女官の声が高らかに響き、しばらくして一人の女性が部屋に入ってきた。高貴な人間にしか許されない、幸麝香《こうじゃこう》の香りがほのかに漂ってくる。

「苦しゅうない。顔を上げよ」

カラクに見習って素早く頭を下げていた琵遙は、言われるままにそっと顔を上げる。

その拍子に、結い上げられた黒髪の髻華《うず》が涼やかな音を立てた。

（うわ、すごくキレイな人）

さすがに皇帝の后の中でも随一と言われた佳人だ。非の打ち所なく整った鼻梁、存在感のある大きな瞳は美しく切れ上がっている。カラクから歳は二八だと聞いているが、確かに琵遙にはない大人の女らしい色香を漂わせていた。

（でも少し恐そう）

それが琵遙の素直な感想だが、もちろん声に出していうほど子供ではない。

「旅先では数々の襲撃を受けたそうじゃな」

「……はい」

「それは絶華の背負う宿命じゃからの。しかし安心せい。旅の疲れが癒《い》えて落ち着くまで、そなたがここに居ることは誰にも内密にしておくぞ」

極彩色の扇《おうぎ》を広げ、さも楽しそうに紅蓮后は言う。

「内密……では皇帝様にも知らせずに？」

「そうじゃ。何か問題でも？」

いいえ、と琶遙は慌てて首を振る。いくら覚悟の上とはいえ、皇帝に献上されるのは少しでも後の方がいい。紅蓮后の提案は、今の琶遙にとって願ったり叶《かな》ったりの話だ。

「ただ特士《とくし》の皆さんが、今も知らずに探しているなんて可哀相だなぁって」

「これは面妖《めんよう》な。特士達はお前を捕らえようとした、いわば敵ではないか」

「それは、そうですけど……」

なんと答えてよいか分からず困っている琶遙を見て、紅蓮后は「面白い娘じゃ」と目を細めた。

「あの」

今度は、少し勇気を出して琶遙の方から膝を進める。

「紅蓮后様、どうか教えて下さい。絶華の伝説は本当なんですか？　奥の宮に来てから、カラクに手伝ってもらって絶華についての書物をいくつか読ませて頂きました。『それを見し者、世を広く興し余りある繁栄を手に入れむ』って……それってただの伝説ですよね」

「本当なのかは妾《わらわ》も知らぬ。いや、国中の誰も知らぬことだろう。絶華のおかげで国が栄えたという記述も見つかっておらぬが」

「じゃあ……！」

希望が見えたと顔を明るくする琵遙を、紅蓮后は哀れみを込めた眼差しで見下ろした。

「真偽などどうでもよいのじゃ」

「え？」

「そなたも子供じゃのう。絶華など皇帝にとっては慰《なぐさ》み者に過ぎぬし、本気で繁栄など考えてもおらぬ。特士達を派遣されたのもいわばお遊びじゃ」

「そんな」

「我ら女から見ると、絶華など男どもの哀れな夢じゃな。娘の裸体に浮かび上がる美しい絶華を手に入れる——それが国を手に入れることにもなる。いかにも男どもが好きそうな伝説ではないか。それは皇帝陛下でも同じじゃ」

琵遙は絶句する。そんな。

そんな軽薄で邪《よこしま》な考えのためだけに、自分は志天勝達との安穏《あんのん》とした生活を破壊されたというのか。言葉にならないほどの悔《くや》しい思いが身体中に満ちてくる。

「思えば可哀相な娘じゃ。絶華に生まれたばかりにのう」

どこか白々しい声だった。紅蓮后は美しく装飾された緋色《ひいろ》の扇を広げると、優雅《ゆうが》な手つきで口元に当てた。艶《あで》やかな唇が隠れ、鋭い眼差しだけが強調される。

「まぁよい。先ほども申したように、そちはしばらく妾の手元に置いておくつもりじゃ。今はゆっくりと旅の疲れを癒すがよい」

ぱたりと扇を閉じると、紅蓮后がつと立ち上がった。それに合わせて侍女達や女官も、慣れた所作で動き出す。

「待って下さい」

部屋から出て行こうとした紅蓮后を、琶遙は思わず呼び止めていた。

「私は……私は孤児《こじ》で、栄帝府の外れに捨てられていたのを蒼鏡様が拾って育てて下さいました。その後、私が五歳のときに流行の病で亡くなられ、蒼鏡様の親友だった志天勝の元に預けられたのです。私にとってはあそこが本当に生きるべき場所。絶華に何の力もないとご存じならば、どうか皇帝陛下を説得して下さり私をあの生活にお戻し下さいっ」

お願いします、と琶遙は必死に頭を下げる。

「志天勝……そして蒼鏡。懐かしい名前じゃ」

ゆっくりと振り返り、意味深げに彼らの名を口にする紅蓮后。そこにかすかな憎しみの感情が含まれている気がして、琶遙は思わず彼女を仰ぎ見た。

豪奢な絹織に金糸の刺繍が惜しみなく使われた襟元《えりもと》——そこからのぞく紅蓮后の首筋は白く美しい。ほっそりとした顎《あご》と形の良い唇、それが一瞬だけ残酷《ざんこく》に歪《ゆが》められる。

「……」

何故か急に不吉な予感がして、琶遙はひとり息を飲んだ。

「その話はすべて嘘じゃ」

「……嘘？」

「蒼鏡め、確かに約束だけは守ったようじゃな。だが今ではその約束すら意味をなさぬ。よいか、絶華の姫君よ」

紅蓮后は面白そうに唇の端をつり上げる。罠《わな》にかかった獲物《えもの》を見るような眼差しで、しかし物腰はあくまでも優しく琶遙に向けられていた。

「そちは昔この奥の宮に居たのじゃ」

言葉の意味が、よく理解できない。どう答えてよいか分からずに、琶遙は曖昧《あいまい》に首をかしげてみせた。

「何も覚えておらぬか？　そちがここを去ったのはまだ五つの歳の頃……」

忘れるのも無理はない、と紅蓮后は宝石に彩《いろど》られた細く長い指で、庭がよく見える廊下《ろうか》まで手招きをする。

「……」

誘われるように琶遙は立ち上がった。紅蓮后は琶遙の頭を愛おしげにかき抱くと、その耳元でささやく。

「そちは生まれてすぐに奥の宮に引き取られた。妾には、あの橋を走り回る幼《おさな》きそちの姿がまるで昨日のことのように思い出されるぞ」

とくん、と心臓が跳ね上がる。抗えない力で強引に庭へと顔を向かせられ、琶遙の瞳には奥の宮の庭園が映り込んだ。

「そんなはずは」

否定しようとして、琶遙は言葉を詰まらせる。唇が渇いて、上手く言葉がつなげない。それが真実であるはずがなかった。生まれてすぐに奥の宮へ？　五歳のときに去った？

（紅蓮后様は一体、何を言っているんだろう）

自分は赤子のときに師匠の元に預けられたのだ。だから五歳のときにはすでにあの古寺にいたはず……。

（連れて来られたときのことだって）

馬の背に乗って、蒼鏡に抱かれ——そうだ、ちゃんと覚えている。そう思った琶遙は、次の瞬間、自分の思考に背筋を凍らせた。そうだ。

どうしてこんな当たり前のことに気がつかなかったんだろう。

（赤子のときの記憶なんて、普通は覚えているはずないのに……!?）

頭の中で何かが崩《くず》れ去っていく。それを少しでも押し止めてくれる言葉を探して、琵遙は必死になっていた。

「そんな……嘘ですっ。私は、私は赤子のときからあの寺に」

「ほう、赤子のときから？　だが乳飲み児のお前を、志天勝らだけでは到底育てられまい」

「それは！　そう、きっと乳母みたいな女の人に頼んだりしてっ」

「ではなぜ、そちはその乳母の顔も覚えていないのじゃ？」

焦る琵遙とは対照的に、紅蓮后は落ち着いた様子で質問を重ねる。それに対して琵遙はただ、弱々しく首を振ることしかできなかった。

髪を結い上げられた琵遙の項《うなじ》を、紅蓮后の美しい爪がつうと撫《な》でる。何かの確認のように紅蓮后の目が細められた。

「やはりな、ここに目をこらさないと分からない程度の印がある」

「印？」

「記憶封《ふう》じの印じゃ。志天勝め、妖術師《ようじゅつし》でもないくせにこの技を使うとは……本当に器用な奴よのう」

妖術師とは宮廷に古くから仕える専門職のひとつで、主に人に催眠《さいみん》をかけたり記憶を操作できる技を持つ。通常ならば数十年の厳しい修行の後に習得できる技だが、もちろん志天勝がそのような修行をしたわけではない。

そういう高度な技術を『なんとなく』で使いこなすのが志天勝の最たる能力である。

「しかし所詮《しょせん》は素人《しろうと》のおこない。封印の結びが甘いわ」

紅蓮后はそう言うと、琶遙の首筋に深紅《しんく》の爪を立てて唇を近づけた。そしてふっと鋭い息を吹きかける。

「！」

琶遙は印の部分に強い熱を感じた。

「妾の曾祖母《そうそぼ》は、宮廷つきの伝説的な妖術師でのう。妾もその力を少しは受け継いでおるゆえ、この程度の封印を解くことなど容易《たやす》い。志天勝よ、残念じゃったな。蒼鏡の存在ごと記憶から消してしまえば、記憶は戻せなかったものを」

首筋の熱がふっと消えてなくなった。混乱して動けない琶遙は、抵抗もろくにできないまま彼女の言う言葉を聞いていた。

「結び目は解かれた。よぉく見て思い出すのじゃ」

紅蓮后の声が耳元でねっとりと響く。

先ほどまでただ「豪華だなぁ」としか思えなかった庭園が、なぜかふいに見覚えのある風景に見えてくる。琵遙の心が戸惑いながらゆっくりと過去を辿《たど》っていく。

(嫌だ……私、思い出したくないのに……こんなの嘘だよ)

胸を切るような強い願いとは裏腹に、琵遙の記憶は幼い頃へと戻っていく。

まだ小さな女の子だった琵遙は、今よりもずっと低い目線で庭を見ていた。

部屋から望む滝のある大きなお庭——いつも走り回っている赤い橋もぐるりと張り巡らされた回廊も、今日は静かに雨に濡《ぬ》れている。

この雨が止んだら遊んでもらおう。だって、部屋にじっとしているのは退屈だもの。遊び相手は女官達よりも、あのお兄ちゃんがいい。「仕事中だから」と困った顔をしながら、いつも最後は相手をしてくれる優しい人。温かな手。

そうだ。あのときそこにいたのは。

「蒼鏡様……?」

琵遙が呆然《ぼうぜん》とつぶやく。なんだろう、この記憶は。

来たこともないはずの場所で、自分はすでに蒼鏡と出会っている?

「やだっ……わかんない。あり得ないよ、こんなの」

頭を抱えて座り込んでしまった琶遙の肩に、紅蓮后の手が添えられる。

「そう焦らずともよい。そのうちすべてを思い出すじゃろう。あの封印を施された者は、あまりに深い衝撃を受けると己を守るために記憶を手放すのだという。そちもそうなのかもしれん」

「深い衝撃？」

「そうだとも。なんといっても琶遙？」

紅蓮后の優しい口調に、琶遙は無意識のうちに身を凍りつかせていた。それは、傷負いで動けない獣《けもの》を、わざと勿体《もったい》をつけて嬲《なぶ》り殺すような優しさだった。

琶遙は言い知れぬ恐怖で彼女を見上げる。

（紅蓮后様の唇は綺麗だけど嫌な感じだ。なんだか紅すぎる……）

聞きたくない。琶遙は耳を塞《ふさ》ぎたい衝動に駆られる。

「そなたがあの男を」

嫌な言葉を吐く紅の唇。

「蒼鏡を殺したのだからのう」

琶遙は耳を疑った。その意味が理解できないまま、唖然《あぜん》と繰り返していた。

「私が……蒼鏡様を殺した？」

第三章　鳥籠の姫君

琵琶《は》遙《よう》に用意された部屋は奥の宮の南側に位置しており、小さめだが日当たりもよく住みやすい部屋だった。紅蓮后《ぐれんこう》の指示により、幼い日に琵遙が住んでいた部屋と同じところをあてがわれたらしい。

(そっか……ここ、奥の宮だ)

寝台に横たわったまま、琵遙はぼんやりとした頭で考える。

夢を見ていた。古寺で過ごしたなんでもない日々の夢だ。そこには蒼翼《そうよく》がいて、志天勝《してんしょう》がいて、笑っている自分がいた。まるでそれが当たり前のように。

「……」

少しだけ開いている透かし彫りの扉から、奥の宮の庭園が垣間見えた。まだ夜中なのか月の光だけが、庭に敷き詰められた白石を皓々《こうこう》と照らしている。

その光景に目を細めながら、琵遙は昼間に行われた紅蓮后とのやりとりを思い出していた。紅蓮后の言葉が胸に突き刺さったまま、しばらくは気分が高ぶって眠ることができないでいたが、いつの間にか浅い眠りに落ちていたらしい。

宮廷での幼い日々の記憶は、急速に戻りつつあった。確かに自分はここに住んでいた。そして近衛《このえ》兵《へい》だった蒼鏡と出会う。奥の宮での日常に退屈しきっていた琵遙は、蒼鏡に懐いていつも遊んでもらっていた。

しかし何らかの理由で、蒼鏡は自分を連れて志天勝の元へ向かったのだ。そこで志天勝にそれまでの記憶を封印されてしまう。

(そして十年……ずっと絶華《ぜつか》を探していた皇帝が、いよいよ私が師匠の元にいるって知ったんだ。それで特士《とくし》達を……)

すべて、辻褄《つじつま》が合う。

「失礼致します、琵遙様？　もうおやすみでしょうか」

扉の外から聞き覚えのある控《ひか》えめな声がして、琵遙は寝台から身を起こした。

「カラク！」

「こんな時間に申し訳ない。どうか非礼をお許し下さい」

丁寧《ていねい》に頭を下げるカラクに、ぶんぶんと首を振って答える。

「気にしないで、どうせ眠れなかったの。それよりもカラクこそ大丈夫なの？」

急いで夜衣を羽織《はお》ると、琶遙は入り口の扉へ駆け寄った。

「任務上、私には琶遙様の監視が命じられていますので。もちろん逃亡を防ぐことが第一の目的ですが、それよりも紅蓮后様は今、琶遙様が自害されないかご心配なさっている」

何も隠さず話してくれる、いつものカラクの態度が嬉《うれ》しかった。琶遙は微笑《ほほえ》んで、カラクを部屋へ招き入れる。

「自害？　それは考えもしなかったけど」

「でしょうね。琶遙様はそれほど弱くない」

「でも分からないことが多くて」

扉から入ってすぐの部屋には、応接のための簡単な家具が置かれている。そこで皇帝を迎えてお茶やお酒を振る舞ったり、お付きの者が控え室として使用するらしい。しかしその奥にある透かし彫りの扉の向こうは、寝台を含める后達《きさき》の個人的な空間になっており、皇帝以外が立ち入ることは厳しく禁じられていた。

ひとまず客椅子《いす》にカラクを座らせると、自分は長椅子に身を投げる。

「私が蒼鏡様を殺したってどういうことなんだろう。奥の宮での日々は覚えているのに、その辺りはどうしても思い出せないの」

「直接、手を下したわけではありません。ただ琶遙様を逃がすことが、蒼鏡様の死に繋《つな》がったというだけのこと」

つまり、とカラクは琶遙に視線を向けた。

「蒼鏡殿はご自分の命に懸けて、琶遙様を守ったということです」

「……それで亡くなったの」

やはり病死ではなかったのだ。どのような事情であれ、蒼鏡の死に自分の存在が関わっている——そのことが一番つらかった。奥の宮に来てから知りたくなかった過去ばかり暴かれていく。しかし同時に、すべてを知りたいという気持ちも強くなっていた。

琶遙は強く唇を噛んで、ともすればうつむきがちになる顔を上げる。

いや、自分は知らなければならないのだ。十年前に起こったことすべてを。

「でも守るって何から？　皇帝陛下から？」

琶遙の言葉に、カラクの表情がかすかに翳《かげ》る。言いにくそうに顔を背けると「いいえ」と小さく首を振った。

「蒼鏡殿が守ったのは紅蓮后様から、です」

「紅蓮后様から？　どういうこと」

「十年前、紅蓮后様は、絶華である貴女を殺害しようとなされたのです」

「!?」

「十年前といえば、紅蓮后はまだ十代の若き后。正室という矜持《きょうじ》もあり、主上様の愛がご自身から逸《そ》れることをよしとされなかったようです」

「逸れるって……そのとき私はまだ、五歳だったんだよ?」

「それでもいずれ成長すれば、皇帝陛下は必ず絶華に心を奪われるだろうと」

「嘘でしょ?」

だから殺すなんて発想、琵遙には到底信じられない。しかし、そのような恐ろしい事件が実際に行われようとしたのだ、十年前にここ奥の宮で。

いいですか、とカラクはいつになく真剣な表情で琵遙を見つめる。

「この話は私が直接、紅蓮后様から聞いたことです。しかし私以外の者は誰も知らない。皇帝ですら、絶華は蒼鏡殿に盗まれたとしか思っておられないのです」

「そんな重要な話……どうして私に教えてくれるの?」

琵遙は、以前からたまに感じていた疑問をカラクに投げかけた。カラクは確かに親切で良い人だが、その立場は紅蓮后の直属の部下にあたる。自分を奥の宮に連れてきたのも任務の一環だろうし、今だって本来ならば監視だけしていればいいのだ。それなのに。

（私って、カラクに甘えすぎるよね。ひょっとしてスゴイ迷惑かけてるかも）

申し訳ない気持ちでカラクを見れば、彼は戸惑うように言葉を詰まらせている。

「それは」

二人の間に、しばしの沈黙が流れた。

もし琶遙がもう少し大人の女性であれば、カラクの黄金色の瞳の中に切ない恋の慕情が沈んでいることに気がついたかもしれない。しかし、未だ恋を知らぬ琶遙には到底無理な話だった。何かを諦めたように、カラクは微笑んで肩をすくめてみせる。

「絶華を見せてくれたお礼、ということにしておきましょう」

「そんな。あれは私が頼んだことで」

例の恥ずかしい体験を思い出し、琶遙の顔が紅潮《こうちょう》する。

「この事実は宮廷内の誰も知りません。もちろん皇帝も。紅蓮后様にとって、それは決して知られてはいけない罪。絶華殺害は極秘に行われるはずでした。けれど」

見られてしまった。蒼鏡、その人に。しかも絶華を連れて逃げられた紅蓮后は窮地《きゅうち》に立たされることになる。奥の宮からの追放をも覚悟した彼女に、しかし救いの手を差し伸べたのもまた、蒼鏡だった。

「話を持ちかけたのは蒼鏡殿だったと言います」

「話？」

「絶華は自分が奪ったことにして、紅蓮后様の罪は誰にも告げない。そしてその秘密を飲み込んだままの自分を処刑すればいい。その代わりにこれ以上、絶華に関わるなと。ひょっとすると、琶遙様の記憶を封じたのも紅蓮后様の凶行を隠蔽《いんぺい》するためだったのかもしれません」

そして蒼鏡は琶遙を志天勝に預け、自分は絶華誘拐の罪を背負って処罰されたのだ。

「……そんな！」

琶遙は震える手で自分の両腕を抱きしめる。

なんという取引だろう。

だからは紅蓮后は「蒼鏡を殺したのは絶華」だと言ったのだ。

「本来ならば絶華の存在はこうして闇《やみ》に消えていくはずでした。しかし我が国が平穏だったことが、貴女にとっての不幸だったのかもしれません。暇《ひま》を持て余した皇帝は、密かに絶華の行方を探らせていたのです。それは紅蓮后様にとっても計算外のことでした」

琶遙が志天勝の元で暮らしている間にも、皇帝の特士達はずっと絶華を探して国中を巡っていた。そして見つけてしまう、十年のときを経て成長した自分を。

「それを知った紅蓮后様は密かに私を遣《つか》わして、皇帝よりも先に貴女をここへ連れて来た」

「……蒼鏡様との約束を守るために？」

「それはたぶん、好意的な見方すぎるでしょうね」

同意しかねるという表情だった。だがいくら側近のカラクでも、紅蓮后の真意までは正確に摑《つか》めないようだ。

「もちろん、紅蓮后様のお心が十年前と同じであるならば、私も決して奥の宮が安全だとは言わないでしょう。長い月日を経て、あのお方のお気持ちも変わられました。今では皇帝の愛情よりも正室としてのお立場を大事にされておられる」

それは言葉を代えれば「夫婦の愛情が冷めた」ということでもあった。側室を殺そうとしてまで愛していた相手を、たった十年で嫌いになれるものなのだろうか。琵遙には理解しがたい領域の話だ。

「つまり今私を消すことは、あの方にとって得策ではないということね」

カラクが静かに頷《うなず》く。宮廷内での立場を大事にしている——それは嫉妬《しっと》などという余計な感情が入らない分、確かな読みだと思えた。

「紅蓮后様はおそらく、絶華の姫を特士よりも先に手に入れて、自ら献上することによって皇帝の機嫌を取ろうとしているのではないでしょうか」

「ひょっとしてそのためだけにカラクを使って、誰よりも早く私を？」

「それもあります。しかし十年前の約束を蒼鏡殿が守ったのか、それが気になったのやもしれません」

「だったら何故、私の記憶をわざわざ呼び起こすような真似をしたんだろう……」

琶遙の言葉に、カラクも大きく頷く。

「私が不可解なのもその点です。もう少し調べてみますが」

現時点で分かるのは、ここまでらしい。話はすべて伝え終えたとばかり、カラクは椅子から立ち上がると「どうかゆっくりとおやすみ下さいますよう」と、丁寧に頭を下げて退席していった。

ひとり残された琶遙は、扉を開けて廊下《ろうか》の欄干《らんかん》へと出る。半月よりも少しだけ丸みを帯びた月が、庭園に皓々とした冷たい光を送っていた。

その月光を見つめながら、琶遙はこの世にはいない蒼鏡のことを思った。あの人が自らの命を懸けて、自分の人生を守ってくれたのだ。それは師匠である志天勝に引き継がれた。師匠であり育ての親でもある志天勝。彼は本来、とても自由を愛する人だ。おそらく蒼鏡の頼みでなかったら、本当は絶華になど関わりたくなかっただろうに。

それから蒼翼を思う。絶華のことも逃亡の理由も、最後まで言い出せなかった優しい蒼翼。その不機嫌な横顔が、今は愛おしい。

蒼翼は最愛の兄である蒼鏡をとても慕《した》っていた。義兄弟の契《ちぎ》りを結んだ志天勝もそうだ。

(それなのに私は……蒼翼から大好きだった兄を、師匠から大切な義兄弟を奪ってしまった。それどころか、今もあの二人を苦しめているんだ)

その事実が琵遙をひどく絶望的な気分にさせる。

命が、重かった。自分の命がひどく利己的で恥ずべき代物に思えてくる。

蒼鏡が命を懸けて守ろうとした絶華の存在。それを知らずに、自分は今までのうのうと生きてきたのだ。志天勝と蒼翼の温かな庇護の中で。

琵遙は両手に自分の顔を埋める。沸き上がる深い悲しみと後悔が、いっそこの身を滅ぼしてしまえばいいと思った。

「……私さえいなければ、蒼鏡様は死なずに済んだのに!」

こぼれる涙を堪《こら》えるように空を見上げれば、そこにはただ白い月が輝いていた。

その頃。

蒼翼もまた、同じ月を見ていた。

ただし琵遙のような愁傷《しゆうしよう》的な理由からではなく、時刻と方向を確かめる術《すべ》として、だ。

佳碧湖《かへきこ》をあとに昼夜を問わず馬を走らせること、三日目。ここは栄帝府《えいていふ》と隣接する蝶杏《ちようあん》の州境の草原だ。

雨の少ないこの地域には浅黄色の背の低い枯草が一面に生えており、真夜中の月光に照らされて、まるで黄金の海原を走っているような美しさだ。

しかしその光景も、男二人《ヤロウ》旅には無用の長物である。

「琶遙の記憶が戻る？　それってヤバくないですか」

少し前を走る志天勝の馬に近づけるため、蒼翼が巧《たく》みに手綱《たづな》をさばいて自分の馬を寄せた。蒼翼は琶遙と一緒にいた最後の街で、店の亭主から手に入れた栗毛色の馬に、志天勝は佳碧湖の国境警備隊詰所から拝借《はいしゃく》してきた黒毛馬に乗っている。

二頭の馬はつかず離れずの距離を保ちながら、一刻も早く栄帝府に着きたいという馬上の主人達の気持ちを汲《く》んで、ろくに休みも取らずによく走ってくれていた。

「別にヤバいことないだろ？　そりゃまぁ、何も知らずに生きてきた琶遙にはちょっとした衝撃だろうけど」

流れる風に豊かな髪を靡《なび》かせながら、呑気《のんき》に答える師匠に蒼翼はため息をつく。その『ちょっとした衝撃』を琶遙に与えたくなくて、自分はどれだけ苦労してきたと思っているのだ。

「ったく。師匠《ししょう》がいい加減な妖術《ようじゅつ》を使うからですよ」

「ばかやろう」

小さな声でつぶやいたはずなのに、志天勝は馬上から間髪容れず、手にした矛《ほこ》で攻撃してきた。走らせた馬の速度を少しも落とすことなく、である。

反射的に大きく馬を迂回《うかい》させ、ギリギリで避けながら「師匠！」と怒鳴《どな》る蒼翼。まったく以て迷惑な行動だが、このふざけた師匠の嫌がらせのおかげでだいぶん乗馬や武術の腕が上がった気もする。

「あの術は完璧だった。宮廷付きの妖術師も顔負けの記憶封印術だ」

「でも解かれる可能性が高いんでしょ、その紅蓮……なんとかに」

「紅蓮后。あの女狐《めぎつね》は妖術師の血を受け継いでいるからな。俺が施したのはただの記憶封印じゃなくて、部分的に記憶を封じる妖術だ。その分、封印の結び目は弱くなるが……あのときはああするしかなかった」

珍しく気弱な発言に違和感を感じた蒼翼は、馬上から隣の志天勝へと視線を向けた。相変わらず憎らしいほど整った顔立ちに、年上ならではの余裕と色気を滲《にじ》ませる横顔だ。

志天勝は真っ直ぐに前を見たまま、静かに言葉を続けた。

「琶遙が蒼鏡の存在を忘れないためにはな」

「いっそ忘れてしまえば、楽だったかもしれないのに」

蒼翼がぼそりとつぶやく。

ふいに志天勝が手綱を引いて馬の早駆けを止めた。慌《あわ》てて蒼翼も見習う。

「少し馬を休ませるぞ。さすがにこのままじゃ可哀相だ」

本当なら一刻も早く栄帝府へ入りたいところだが、さすがに馬にも限界がある。宿に入ってきちんと休ませてやれない代わりに、こうして時々は早駆けを止めてゆっくりと歩かせるようにしているのだ。馬は自由な歩調で進みながら、適当に草を食み始めた。

「蒼翼」

気がつくと、まるで床に落ちたゴミでも見るような目で志天勝がこちらを見ている。

「隠した方がよい真実なんて世界のどこにもないんだぞ？　琶遙の記憶を封じたのは、あいつがあまりにも幼くして深い傷を受け、一時的に生きる気力をなくしていたからに過ぎない。いわば応急処置だ」

「……でも！　そのまま何もかも忘れてしまえれば」

「いずれは本当のことと向き合わなければならないときが来る。いいか？　忘れてしまった方が良いなんて、真実と向き合えない弱い人間が勝手に作った、都合の良い大嘘だ。真実はときに人を激しく打ちのめすが、その先に進むために必要な強さは、必ずそこからしか生まれないんだ。琶遙だって、命の恩人である蒼鏡を忘れ去って得る安らぎなんて望んでいない。いいか、自分の想いだけを押しつけるな。お前の悪いクセだ」

「……」

耳の痛い言葉の羅列《られつ》に、蒼翼は何も言い返せない。完全に黙ってしまった主人を気遣うように、馬が少し鼻を寄せてきた。蒼翼はそんな馬の首を撫《な》でてやりながら、噛みしめるようにぽつりとつぶやく。

「俺、琶遙に本当のこと何も言えなかった」

「でもまぁ、それが人並みの優しさってもんだろ」

さっきまでの説教を一転させた志天勝が、涼《すず》しい顔でそう言ってのける。

蒼翼は苦笑いしながら、隣で馬に揺られている志天勝を見た。琶遙を守りたい一心で真実を告げられず、あげくの果てに去られてしまった。我が師匠は、それでも失敗を責めることなく、こんな間抜けな自分を慰《なぐさ》めてくれるのか。

「なんか今まで師匠のこと、少し誤解してました。俺……」

「だろだろ？　心配するな。所詮《しょせん》、完璧な人間なんていないのさ。もちろん」

俺以外はな、とかなり本気な顔で言い切る師匠に、蒼翼は思わず「一生ついて行きます」と続くはずだった言葉を飲み込んでしまう。

この偉大な師匠の、一体どこまでを尊敬しどこから真似してはいけないのか……なんだか考えるのも面倒になって、蒼翼は天を仰いだ。

「琵遙は、今頃どうしてんのかな」

蒼鏡の死について本当のことを知ってしまったんだろうか。だとしたら、一体誰からどんな風に聞かされたんだろう。ひどい言葉でズタズタに傷つけられてはいないだろうか。

「あいつ……大丈夫ですよね、師匠」

急に不安になって尋ねると、志天勝は無責任にも「さぁ」と首をかしげた。

「琵遙はどれだけ傷を負っても、突きつけられた真実から逃げ出すほど弱くも愚《おろ》かでもない。たとえ蒼鏡が自分のために命を散らしたと知っても、それに絶望して自ら命を絶とうとは考えないだろう」

「でしょうね」

確かに自害という選択はあまりにも琵遙らしくない気がした。それは、長年一緒に生きてきた二人だからこそ出せる答えだ。けれど、同時に彼女はとても優しい。そして優しい分だけ、十年前の真実は琵遙を苦しめるだろう。

「あいつなら、どうするかな?」

「その命で俺達に恩を返そうとするんじゃないか。琵遙が絶華としての運命を受け入れれば、俺達が逃げ回る必要もなくなる」

「そんな！　黙って皇帝に抱かれるってことですか」

蒼翼の胸の奥でカッと熱い炎が滾《たぎ》る。いくら自分達のためとはいえ、そんなことを許すわけにはいかない。許せるはずがなかった。

「だから俺達が助けに行くんだろ？」

そんな蒼翼の心中などお見通しとばかり、志天勝は意味深に口角を上げる。そして手元の手綱を握り直すと、馬の耳元で優しく声をかける。

「そういうわけで、この出来損ないの弟子のためにもう一頑張りしてくれよな」

応えるかのように馬が軽く嘶《いなな》いた。

「師匠！」

声を荒らげる蒼翼に対し、志天勝は反論は受け付けぬとばかり馬の速度を上げる。

「あんまりもたもたしていると、俺が琵遙の王子様になっちゃうぜ？　そしたらお前なんか未来永劫《えいごう》、勝ち目なんてないんだからな」

「なっ」

一気に遠くなった志天勝の背中に向かって、蒼翼は「バカヤロー」と叫ぶしかなかった。

「カラク様。絶華の姫君ですが、いくらお呼びしてもご返事がないのです」

扉の向こうで女官の弱ったような声が聞こえてきた。

もう幾日も琵遙は部屋に閉じこもり、食事もろくにとっていない。きっと世話役の女官達を困らせているに違いないだろうが、さすがの琵遙もどうしても元気が出ないのだ。

本当は今も誰にも会いたくなかった。

しかしカラクだって忙しい中、なんとか時間を見つけて来てくれているのだ。

(追い返すわけにはいかないよね)

のろのろと寝台から身を起こす。陽はすでに高く上っていた。扉の隙間から庭園へ目を遣ると、二、三羽の小鳥が遊んでいるのが垣間見える。一心不乱に餌をついばむ姿が可愛らしくて、琵遙は思わず顔をほころばせた。

少しだけ気持ちが楽になる。

「琵遙様、お茶をお持ちしました。外は良い天気ですよ」

見計らったようにカラクが扉の向こうから声をかけてきた。琵遙は軽く返事をすると、寝台から降りて応接の部屋へと向かった。

「大丈夫ですか？　女官達から元気がないと聞きましたが」

「んー……色々、考えちゃって」

泣きはらした目に、ほつれた髪を気にしながら、琵遙はなんとか微笑んでみせる。

「ひどい顔、してるでしょ。なんか恥ずかしいな」

うつむいた琶遙に、カラクは包み込むような笑顔を向ける。

「いいえ。けれどもご気分が優れないというのなら、とっておきの物をご用意しました」

「？」

お盆の上には豊かな香りを放つ上等そうなお茶の隣に、いかにも庶民《しよみん》的な団子《だんご》が載っている。

「見覚えがありませんか？」

しばらく考えた後、琶遙は「あ！」と声を上げた。

「これ確か、中威《しんい》の街で蒼翼と喧嘩した団子!?」

「正解です。特士達の話を聞いて取り寄せてみたのですが」

お気に召しましたか、とカラクが黄金色の瞳を細めてみせた。

「ちょっと前のことなのに、なんだか懐かしいなぁ。この団子、別にそれほど美味しくもなかったのに、なぜかすごい喧嘩しちゃったんだよね」

「美味しくない、のですか？」

意外そうなカラクに、今度は琶遙がくすりと笑う。こわばった顔が少しだけ解けた気がした。思えばずいぶん長い間、笑顔を忘れていたように思う。

「やはり貴女は笑っている方が似合います。奥の宮こそがふさわしい場所だと説明して、貴女を連れてきてしまいましたが、実際はそのことに相違があったようで申し訳なく思っていました」

用意してくれた団子を頬張りながら、琵遙はふるふると首を振る。

「ううん。カラクは嘘をひとつも言ってない。確かにここが一番安全で、蒼翼や師匠にもこれ以上、迷惑をかけないで済むもの」

だけどさ、とそこで顔が曇《くも》る。

「色んなこと考えてると疲れちゃって。考えたところで、私にできることなんてあまりないんだけどさ」

あれから紅蓮后からは何の指示もなく、不気味な沈黙を保っていた。しかし最終的に皇帝に献上される身の上であることは変わらない。

「結局は皇帝様のご寵愛《ちょうあい》を受けることしか、道はないんだよね」

自分だって一応、あの志天勝の弟子だ。まだ見ぬ未来を必要以上に悲観するほど、軟弱《なんじゃく》な性格ではないと自負している。皇帝がどんな人間であれ、会う前から嫌悪することはいけない気がしていた。

「慰めになるかどうか分かりませんが、この国では皇帝の寵愛を望んでいる女性はごまんといます。琶遙様は容姿も性格もきっと皇帝のお気に召されることでしょう。そのうえ絶華であるという事実は、皇帝の寵愛を間違いのないものにするはず」

しかし、とカラクはそこで端正《たんせい》な眉《まゆ》をかすかに寄せた。

「同時にこうも考えます。本当にそれが琶遙様にとっての幸せなのか。無邪気で素直で、どこか危なっかしい貴女には、どれほど安全で贅沢《ぜいたく》な生活よりも、ただ本当に好きな人が側にいる自由な暮らしこそが、すべての幸せに勝るのではないのか」

なんと答えてよいか分からず、琶遙は戸惑いながらカラクへ視線を向けた。彼はふっと自嘲《じちょう》するように口角を上げると、誰もが魅入ってしまう美しすぎる瞳を伏せる。

「……一体、私はどうしてしまったというのでしょう。琶遙様をここへお連れしたことも、奥の宮でこうして監視していることもすべては私の職務。今までの私ならば、ここまで思い悩むことはなかった。それなのに貴女は、私の心を執拗《しつよう》に乱してしまう。それは琶遙様だからなのでしょうか、それとも絶華だからなのでしょうか」

「カラク……」

こんな自分のためにカラクが心を痛めてくれている。それだけで嬉《うれ》しかった。琶遙は遠慮気味にカラクの手にそっと触れる。

「カラクはきっと、誰にでも優しすぎるんだよ。そして私の絶華という運命に同情してくれている」

「琵遙様」

　いつになく強く、真剣な眼差しでカラクが琵遙へと詰め寄った。

「同情などではないのです。今、彼らと同じ気持ちになって初めて解りました。琵遙様を守ろうと命を投げ出した蒼鏡殿。そして志天勝殿や蒼翼殿。琵遙様と出会った三人が、ごく当たり前のように貴女を守ることを選んだ。それは自ら望んだことです。貴女が責任を感じることはない」

「ありがとう、カラク」

　けれどもその気持ちに甘えてしまうことはできない。それではあまりに絶華である自分が、自分勝手で汚れた存在ではないか。

（私は、この絶華という私を利用して恩返しがしたいんだ）

　迷っているカラクを見て、琵遙は逆に自分の気持ちを明確に悟る。今なら前向きに未来を考えられる気がした。

「カラクが前に『宮廷に入ることが二人を守ることになる』って言ったこと、あれ今ならちゃんと分かるよ」

　己の運命に絶望する中で、それでも一筋の光を見つけた。せめて気持ちよくそれに賭けてみようと、琶遙は努めて明るい声を出す。

「私はもう迷わない。自分で決めてここに居るの。っていうか、改めて考えれば元の状態に戻っただけなんだよね」

ただこの庭先に、蒼鏡の姿が見えないだけ。そう、自分は自分が最もいるべき場所に戻ったのだ。十年の歳月と、蒼鏡という命を経て——。

「本当はここで一生を終えるだけだった私に、蒼鏡様は十分すぎるほどの幸せを下さったの。蒼鏡様には何も恩返しできないけど、せめてあの二人には……私がここに居る限り、あの二人は安全に生きていけるもの」

そう言って琶遙はすっかり冷めてしまった茶器に手を伸ばし、こくりと茶を飲んだ。

「美味しい。カラクの淹《い》れてくれるお茶はいつも美味しいね」

「大丈夫ですか」

心配げにカラクがのぞき込んだ。琶遙は慌てて手を振る。

「大丈夫、大丈夫。なんか納得しちゃったら少しスッキリしてきた。あ、スッキリしたらお腹減ってきたかも。お団子、もう一個もらうね」

今までの落ち込みが急に恥ずかしくなって、琶遙は必死に笑ってみせた。

聡《さと》いカラクのことだ、きっと琶遙の心中などばれている。それが証拠に、カラクの表情は辛そうに固まったままだ。しかし。

「……では」

これ以上そばに居ても、琵遙を無理に強がらせるばかりで力になれないと判断したのだろう。カラクは、「茶を温め直してきます」と言うと静かに部屋を出た。

その細やかな心遣いに感謝しながら、琵遙は手にした団子を盆《ぼん》に戻すと大きなため息をつく。やがて膝《ひざ》を抱えてそこに顔を埋めた。どれぐらいその格好でいただろう。

やがてのろのろと椅子から降りると、塵《ちり》ひとつない床がひやりと素足を冷やした。

誰もいないことを確認して、琵遙は回廊へ出る。眼前には相変わらず見事な回遊式の庭園が広がっていた。

空を見上げると、いくつもの流れる雲が太陽の光を浴びて輝いている。空はどこまでも青く広がり、まるで琵遙が自由に生きることを誘っているかのようだ。

長いあいだ空を見ていた琵遙は、やがてゆっくりと目を閉じた。

(これでいいんだよね。もともとは私、ここで育てられるはずだったんだもん)

蒼鏡との出会いや、蒼翼と志天勝との楽しかった日々は、いわば身分不相応の幸せだったのだ。皇帝の籠《かご》の鳥として飼われる、それが絶華の持って生まれた宿命なのだから。

「……」

それでも許されるのならば。

もう一度だけ会いたいと願うのは、蒼翼だった。蒼翼の拗《す》ねた横顔、声、手のひらの温度。幼い頃はどこへでも連れて行ってくれた。春の桜、夏の小川――刻を忘れてはしゃぎまわる自分をいつも見守ってくれていた蒼翼の瞳が、すべてを諦《あきら》めようとしている琶遙の心に突き刺さる。

「蒼翼」

声に出して名を呼ぶと、さらに切なくなってしまった。

今頃、どこで何をしているのだろう。思えばひどい喧嘩《けんか》別れをしてしまった。きっともう二度と会えない。

「蒼翼、色々ごめんね……でもこれ以上、迷惑かけて困らせたりしないから」

琶遙の頬を、一筋の涙がこぼれる。この涙は自分だけの胸にそっとしまおう。

気づけば琶遙は、まるで何かを耐えるように両手を胸の前で握りしめていた。

「決めた。私、皇帝に会うよ」

温かなお茶を持って再び現れたカラクに、琶遙は妙に晴れやかな顔で告げる。

「琵遙様?」

その真意が摑《つか》めず、カラクはお茶を淹れる手を止めた。爽《さわ》やかで甘い香りがふわりとあたりに立ちこめる。

「んー良い香り。なんてお茶?」

「蝶楽花《ちょうらつか》と申します。その甘い香りは飛んでいる蝶も楽しませるのだとか」

「それで蝶が楽しむ花か。やっぱり宮廷ってすごいね、志天勝の古寺では枝茶しか飲んだことなかったのに」

あれはあれで美味しいけど、と琵遙は庭先に目をやった。太陽の光を受けた小川が、キラキラと美しく輝いている。緑の草木が美しかった。

「……よろしいのですか?」

背後から届くカラクの声に琵遙は一瞬だけ沈黙し、それからこくりと首を縦に振った。

「私がここにいる理由、ちゃんと分かったから。せっかく覚悟ができたんだもん。また迷い出さないうちに終わらせたいの」

「紅蓮后様からは、琵遙様が落ち着くまで待つと仰って頂いております。何も急がれることはないかと」

皇帝に会う——その真の意味は琵遙もよく知っているはずだ。絶華として、その身に受けた華を散らせるまで抱かれるのだ。

「だって、何もかも紅蓮后様の思い通りにいくのは癪《しゃく》じゃない？」

精一杯の強がりで、琶遙は明るい顔を向ける。

「それに今のままでは蒼鏡様や、師匠。それから蒼翼にもなんだか申し訳なくて……私、皇帝様に会ったときにお願いしてみる。ずっとここに居るから、代わりに師匠や蒼翼はそっとしておいて欲しいって。それぐらいは、ちゃんとお聞き届け下さるよね？」

「琶遙様」

「お願い、もう何も言わないで」

たたみ掛けるように琶遙は口を開く。きっとカラクなら解ってくれるはずだ。悲しみと自責に彩《いろど》られた苦悩の末、琶遙の出した答えの意味を。その決意の固さを。

「……ではそのように紅蓮后様にお伝え致します。主上が来られるのはおそらく、一番早くても次の月が満ちる夜になるでしょう」

「どうして？」

小首をかしげて問う琶遙に、カラクはつらそうに目を閉じながら答える。

「その日が絶華の姿が最も美しく映える夜になるでしょうから。琶遙様、せめて私に、これぐらいの時間稼ぎはさせて下さい」

月が満ちるとき——それは三日後に迫っていた。

第四章　煌々たる月の下で

宮廷《きゅうてい》が見えた。八百年もの間、栄華を誇り続けている帝国『完栄《かんえい》』——その宮廷ともなれば、初めて見た者誰もが息を飲む豪華《ごうか》絢爛《けんらん》さだ。月の光に照らされて、煌々《こうこう》と浮かび上がる姿は荘厳《そうごん》ですらある。

志天勝《してんしょう》と蒼翼《そうよく》は宮廷全体が最もよく見える高台に馬を止めて、様子を窺う。

「さて、どうしたもんかな」

自慢の愛矛《あいほこ》を手に、志天勝が軽く肩を鳴らした。まるで道場破りにでも来たような気軽さで言ってのけているが、相手はもちろん『完栄』である。

警備においては間違いなく、最強に違いなかった。

それをたった二人で破るなど、蒼翼にはどうしても想像することができない。

「大丈夫なんですか」

「なんとかなるだろ。何も宮廷の奴らを全滅させろって言ってんじゃねぇんだし。皇帝の命を狙《ねら》うような難しい仕事なら俺もお断りだが、琵遙《はよう》だけなら」

要するに引っ掻き回せばいいんだよ、と志天勝は片目を瞑《つむ》って蒼翼に笑いかける。

「師匠が言うと、なんか簡単そうに思えてくるから怖い……」

「簡単だろうが難しかろうが関係ない。どうせ俺達は必ず琵遙を助けに行く。なら簡単に考えた方が楽だろう?」

「……」

分かるようでさっぱり分からない理屈である。師匠のように大きく構えていたい気持ちは確かなのだが、一体何を根拠に自信を持てばいいのか。

「ほら、そこで辛気《しんき》くさい顔しなーい!」

「う。分かりましたよ」

蒼翼はしぶしぶ頷《うなず》く。楽観的かついい加減な師匠の見通しは、実践戦闘の心構えとしては到底納得しかねるが「絶対に琵遙を助ける」という強い意志には相違ない。

覚悟を決めたように、蒼翼は改めて宮廷全体を見渡した。

「琵遙はどこに居るんでしょう?」

「カラクが動いたんだ。紅蓮后《ぐれんこう》のお膝元《ひざもと》である奥の宮で間違いないだろう」

いいか、と志天勝は正面に見える巨大な門を指さした。

「あれが宮廷の正門『厳龍門《げんりゅうもん》』だ。あの内側には築地がめぐらせてあり、さらに『宮門』がある。その奥に控えるのが『尊皇の重《そんのう》』、いわば皇帝居住の殿舎《でんしゃ》だな。その右側にあるのが『奥の宮』だ」

「……スゲー奥の方ですね」

「だから奥の宮ってんだろ。知らないけど」

「侵入経路とか、何か算段があります？」

ダメもとで聞いてみると、意外にも志天勝は大きく頷いた。そして馬上から指を指す。

「あの右の奥。『椿門《つばきもん》』ってとこなんだけど、見えるか？」

目を凝《こ》らすと巨大な篝火《かがりび》に照らされた正門の右側奥に、確かに小さな門がある。

「最初から奥の宮が目的なら『厳龍門』の右側にある、あの門が奥の宮には一番近い」

確かに后達《きさき》が住む場所へと通じる扉にふさわしく、小さいが装飾《そうしょく》の美しい外装だった。

「正門に比べてずいぶん兵の数が少ないですね……確かにあれならいけるかも」

蒼翼の言葉に、しかし志天勝は渋《しぶ》い顔を返す。

「手薄なのはカラクがいるからだ。あいつの働きは守備兵百人に勝る」

たちまち蒼翼の顔が曇《くも》った。その脳裏には、涼《すず》しい顔で琶遙の隣に並んでいる例の色男が浮かんでいる。

「優秀なんだ、やっぱり」

「お前の百倍な」

「……」

蒼翼は思いっきり顔をしかめてみせた。

「そんな顔すんなって」

志天勝が愉快そうに頭をこづいてくる。師匠《ししょう》はこの状況を、完全に面白がっているに違いない。なんだか子供扱いされているようで、蒼翼は不機嫌に眉《まゆ》を寄せた。

「さて」

下らない話は終わりにして、と志天勝がさらりと話題を変える。

「そろそろ作戦会議といこうか。あいにく今宵《こよい》は満月だ。俺らにとっても琶遙にとっても危機的状況だと言わざるを得ない」

「どういう意味ですか？」

「まず俺らの場合、闇《やみ》に紛れて侵入することが難しい。普通、常識ある夜盗ならこんな晩にはまず動かない。月の光で何もかもが照らされるからな」

「……」

常識ある夜盗って何だよ、という突っ込みはあえて飲み込む。

「それから今夜は琵遙の身もかなりヤバイ。というのも今夜、あいつが絶華《ぜつか》として皇帝に抱かれる危険性が高いからだ」

「？　満月、だからですか」

意味が分からず首をかしげている蒼翼に、志天勝は「これだから子供は」とため息をついて説明を補足した。

「新月じゃ、せっかくの華が美しく見えないだろ？」

蒼翼の顔がみるみる赤く染まっていく。

「せっかくとか言わないで下さい！　急いで琵遙を助けに行けばいいんでしょおっ」

「その意気、その意気」

まるで暴れ馬でも扱うように、志天勝は真っ赤な顔で怒っている蒼翼を軽くいなす。

「琵遙を守ると決めたお前が、どこまで強くその意志を貫けるか。今回の勝敗はそこに懸《か》かっているといってもいい。カラクが最終的に判断するのも、おそらくそこだ」

「判断って何ですか？」

しかし志天勝はそれには答えず、蒼翼の肩をポンポンと叩いた。

そしてごく軽い口調で、

「んじゃ。俺が正門突破を鮮やかに決めるから、お前は俺の邪魔することなく、城壁右の『椿門』へ行け」

と何でもないことのように指示を出す。

「待って下さい、それって」

師匠が危険すぎる、という言葉を蒼翼は最後まで言わせてもらえない。

「ガタガタ言わずに師匠の命令を聞け、バカモノ。いいか、お前の相手はカラクだ。敵に不足はなかろう？　俺が敵を引きつけている間に上手くやってくれよ」

「……師匠」

蒼翼の心に熱いものがこみ上げる。この人はいつもそうだ。思えば住み慣れた古寺から脱出したときもそうだった。

実にさりげなく、一番危険な役割を背負ってくれる。

「師匠。俺、絶対に琵遙を助けてみせるから」

蒼翼が噛《か》みしめるようにつぶやく。それを見た志天勝は満足げに頷くと、余裕の笑顔で得物である龍牙矛《りゅうがぼう》をかざしてみせた。月光の中で煌《きら》めく矛《ほこ》は、まるで獲物に飢《う》えた龍のごとく冷たい殺気をその身に滾《たぎ》らせている。

ときは満ちたとばかり、志天勝は無言で自分の馬の手綱《たづな》を引く。そして正門で警備している数十人もの守備兵達へと向けさせた。

「蒼翼。俺はその言葉を信じるぜ」

まるで一枚の絵のように鮮やかな残影を残して――。

美しく輝く月を背に、志天勝は高台を一気に駆け下りていった。


志天勝と別れた蒼翼は馬から降りてひとり、椿門へと向かう。

気配を消して闇に紛れながら近づくと、ほどなく篝火に照らされた門が見えてきた。

正門よりも地味だとはいえ、朱塗りの柱に蒼翼が見上げるほど立派な鉄城門がそびえ立っている。

門の前にいるのは二人の守衛。どれだけ目を凝らしても、現時点では彼らしか確認できなかった。しかしそこを抜ければ、数え切れないほどの守備兵達が待機していることは容易に想像できる。

（まずは二人……普通に行けば楽勝っぽいけど）

慎重に様子を窺いながら、背負っている『輝庚嵐《きこうらん》』を静かに鞘《さや》から抜く。自然と剣を握る手に力が入った。

(頼むぜ、相棒)

心の中で輝庚嵐に呼びかけながら、じりじりと距離を詰める。意識を集中して心を鎮《しず》めれば、おのずと絶好の機会はやってくる。大切なのはそれを察知できるかどうかだ。

風が動いた。

(今だ)

蒼翼は素早い動きで一気に左側の兵に近づくと、音も立てずに一撃を見舞った。異変に気づいたもうひとりが、驚いたように顔を上げる。

「遅い！」

蒼翼は短く叫ぶと振り向きざま、一気に袈裟《けさ》斬りにする。一声も発することのないまま、二人の門番達は崩《くず》れ落ちた。

まさに寸分の隙《すき》もない、鮮やかな攻撃である。

「とはいえ、本番はこれからか」

蒼翼にとってはさほど難しいことではないため、嬉《うれ》しいという感情も特に湧いてこない。

事実、あまり喜んでもいられない状況には違いなかった。何しろ、これから敵陣のど真ん中に侵入するのである。

奥の宮は皇帝の住居区の中でも最も奥まった位置あり、そこへの侵入は宮廷を守る者達にとって、まさに喉元《のどもと》に刀を当てられるような場所だろう。

そこをたった一人で突破するという無謀な計画に、確かに不安はある。

だが怖くはなかった。

志天勝に言われた「どうせ俺達は必ず琵遙を助けに行く」という言葉と、「琵遙に会いたい」という素直な気持ちが、今の蒼翼のすべてだ。

「大丈夫」

全身を貫く確かな力が、それを可能にしてくれるはずだ。

行く手を阻《はば》む者はどんな奴でも許さない。自分は必ず琵遙のもとまでたどり着き、そして助け出す、それは絶対だ。しかし。

眉根《まゆね》を寄せて、蒼翼がひとりつぶやく。

「当面の問題は、この門をどうやって開けるかだよな……」

そこにはただ、じっと黙する巨大な門が立ちはだかっていた。

見事な攻撃が災いして、まだ何人《なんぴと》も侵入者に気がついていない。ということは誰もこの門を開けてくれないということだ。

（うー……ひょっとしてわざと騒ぎを起こして、内側から開けてもらった方が良かったか？）

今さら後悔《こうかい》する蒼翼だが、改めてのびている門番達を起こし助けを呼ばせるのも間抜けな話だし、まさか「開けてくれ」と頼むわけにもいかない。

強行突破も考えたが、さすがの輝庚嵐も鉄城門まではぶった切ることはできず、ダメもとで押してみるが当然、びくともしなかった。

失神している門番達の服を探り鍵《かぎ》らしきものがないか調べてみるが、そんなものはどこにも見あたらない。よく考えれば外から鍵をかける城門なんて聞いたことがなかった。

(これは意外な強敵かも)

これから立ち向かう強大な敵よりも先に、自分の間抜けぶりに落ち込む蒼翼である。

そのときだった。

「開門」

どこかで聞き覚えのある美声が門の内側から響《ひび》いてくる。まもなく、鉄の扉が音を立て始めた。

「客人のご到着だ。迎えてやれ」

身構える蒼翼に対して、ゆっくりと開かれる椿門——その先に待っていたのは。

「また会いましたね、蒼翼殿」

蒼翼が不機嫌そうに顔を歪める。

自分よりもちょっとだけいい男である、そいつの名は。

「……カラク」


突然の報告に、琵遥はどんな顔をしてよいのか分からなかった。

「蒼翼達が……来てる？」

あり得ない。そんなはずはないと首を振る。

今宵、皇帝に会うために着飾り美しく結い上げられた黒髪から、宝玉羽根の髪留めがはらりと舞い落ちた。

カラクが静かに、その髪留めを元の位置に挿し戻しながら言葉を続ける。

「報告によると志天勝殿は正門に、蒼翼殿は椿門へと向かっております。私は今から椿門の方へ向かいますが」

「蒼翼を……どうするの？」

急に不安になって、琵遥はカラクを見上げる。

しかし、いつもなら丁寧《ていねい》になんでも説明してくれるカラクの表情が硬い。整いすぎている美しい顔からは、何の感情も読みとれなかった。

「……！」

琶遙は自分の失態に気づいてぐっと唇を噛んだ。カラクは蒼翼に会ってどうするのか？　それをカラクに答えさせるのはあまりにも酷《こく》なことだ。問うまでもない。普通に考えれば、蒼翼は侵入者としてカラクに切り捨てられる立場にある。

（でも……）

それを実行するならば、蒼翼の動向を琶遙に告げることに意味はあるのか。

「ねぇ、カラク」

「ご心配なく。私は琶遙様のために動きます」

これ以上は何も聞かないで欲しいという無言の要求が、カラクの瞳を通して伝わった。

琶遙は何も言えなくなる。

少しでも安心させるような仕草でカラクはひとつ頷くと、すっと闇へと姿を消した。

「……」

黙って見送るしかない琶遙は、やがてその視線を頭上へと向けた。

空には皓々《こうこう》と輝く満ちたりた月。

（師匠、そして蒼翼）

乱れる気持ちを少しでも落ち着かせるために欄干《らんかん》に手をついてゆっくりと息を吐く。

ここに来てはいけない、と祈るように思う。あの二人は自分から離れて自由に生きなくてはいけないのだ。そうでなければ、自分は何のために皇帝に抱かれるのか。

（どうして？　今さらなんで来たの？）

それでも心の奥底では、まったく違う想いが逆巻くようにあふれてきた。もう二度と会うこともないと、絶望の淵に沈んでいた心が再び目を覚まして騒ぎ始めている。

逢いたい。ただ蒼翼に逢いたい。あの眼差しを、声を、温かな手をもう一度だけこの目に焼き付けたい。

（蒼翼……！）

沸き上がる強い思いは、やがて涙となって頰にこぼれ落ちる。

まるで夢遊病のように、気がつくと琶遙は欄干側の階段から庭園へと下りていた。履物もなく、素足のままふらふらと椿門へと向かう。

そのときだった。

「どこにも行かせはせぬぞ」

鋭い声が、その場の空気を切り裂いた。

見ると、回廊《かいろう》から紅蓮后《ぐれんこう》が数人の女官を従えて琶遙を見下ろしている。毒矢のように鋭くぞっとするような視線が、琶遙を心ごと貫いた。ほとんど本能的に逃げようとした琶遙を、紅蓮后の指示を受けた幾人もの女官達がたちまち押さえつける。

「！　何するのっ」

「それはこちらの台詞じゃ。そちは愛しき我が皇帝への献上品。今さら逃げられても困る」

「逃げるなんて、そんな」

ただひと目会いたい人がいる。今の自分が望むのはそれだけだ。それを紅蓮后に伝えたくて、琵遙は口を開いた。しかし、それよりも先に。

「そなた、恋をしておるな」

紅蓮后のどこか嬉しそうなつぶやきに、琵遙は思わず瞳を上げる。

「それぐらい見ていればわかる。誰じゃ？　育ての親となった志天勝か」

答えられない琵遙の代わりに、側に仕えていた女官が耳打ちするのが見えた。

「おそらく蒼翼という若者でしょう。蒼鏡《そうきょう》の弟にあたります」

その言葉に紅蓮后は納得したように目を細める。何故かとても、満足そうに。

「それでよい」

紅蓮后は「琵遙や」と意味深げに初めて自分の名を呼んだ。

「十年前と今の妾《わらわ》では考え方もずいぶんと変わった。あの頃の妾は『死』こそが最も不幸だと思っておったのじゃ。だが」

紅蓮后の紅い唇が残酷《ざんこく》に歪められた。琵遙の背中に冷たいものが走る。

「さらなる不幸とは、苦しみを抱いて生き続けることじゃ。それを憎き絶華《ぜつか》に味わわせてやりたい。好きな男を想いながら、何度でも主上様からの拒めぬ愛を受け取るがよいわ。それこそが……十年を経た妾の望みじゃ」

「！」

見開かれた瞳のまま、琵遙には返す言葉が見つからない。

これですべて分かった。なぜ紅蓮后が、皇帝よりも早く絶華を手元に置きたがったのか。なぜ己の罪が暴かれる危険を伴ってまで、琵遙に記憶を戻させたのか。

紅蓮后の昏《くら》い感情が、琵遙の心に牙《きば》を剝《む》いている。琵遙は絶望の中で目を閉じた。

結局、何も変わらないのだ。絶華を亡き者にしようとした頃の紅蓮后と。いや、彼女はさらなる深みへと墜《お》ちていったのかもしれない——十年という歳月をかけて。

黙ってしまった琵遙に対して、紅蓮后はさらに上機嫌で語りかける。

「それだけではないぞ？　十年という月日は愛の形さえも変えるもの。昔は主上が他の女を抱く度に嫉妬《しっと》に苛《さいな》まれたものじゃが、今では主上よりもこの正室という地位を愛しておる。絶華を献上して主上が悦《よろこ》べば、それこそが妾の喜び。一石二鳥とはこのことよのう」

あまりの自分勝手な物言いに、琵遙は思わず紅蓮后をキッと睨《にら》みつけていた。

「そんなの勝手に決めないで！　放してよっ」

しかし暴れる琵遙に向かって紅蓮后は自らゆっくりと階段を下りて近づいてくる。

「放さねばどうするのじゃ？　十年前に妾がそちに行った凶行《きょうこう》を主上にバラすかえ？」

「!?」

考えていたことを読まれた琵遙は、思わず暴れていた身体を止める。

それを見た紅蓮后は面白くもなさそうに鼻を鳴らした。そして、

「そちがひとり騒ぎ立てたところで、主上は何もお聞き入れになるまい。あの御方は絶華を抱ければそれでよいのだ」

妾が今さら何をしようと興味はない、と白けたように付け加える。

その言葉に紅蓮后の深い諦《あきら》めと悲しみを見たような気がして、琵遙は自分の荒ぶる感情が少しだけ冷めるのが分かった。もちろん聖人君子なんかではない自分には、眼前の紅蓮后へと向けられた嫌悪感は拭《ぬぐ》えない。しかし、この不幸な后をこれ以上憎む気には不思議となれなかった。

（この人はもう、十分に罰を受けている……）

生涯、誰にも愛されなかったという罰《ばつ》を。

まさか哀《あわ》れみの目で見られているとは気づかない紅蓮后は、女官達に自由を奪われたま

まの琵遙に歩み寄る。

「観念せい。そちはもはや人間ではなく、皇帝を悦ばせるだけの大事な人形なのじゃ」

そう言うと、胸元から小瓶《こびん》を取り出した。中には青みがかった液体が入っており、どろりと不気味な光を放っている。

琵遙の身体が、不安で反射的に硬くなった。

「なに、軽い眠り薬じゃ。あと数刻、皇帝がおいでになるまで大人しくしておれ」

「な……やだっ」

必死に顔を背けて絶対に飲むまいと抵抗してみせる。が、琵遙の細い顎《あご》を強引に向かせた紅蓮后は、琵遙の鼻を押さえ息を止めた後に自ら口移しで眠り薬を流し込んだ。

「!?」

唇に当てられるぞっとするような冷たい感触。

「う……く……っ」

息ができない苦しさに思わず薬を飲んでしまう。琵遙の白くて細い喉元《のどもと》には、紅蓮后の派手やかな爪が食い込んでいる。

その痛みに声を上げようとした琵遙だったが、それよりも早く意識が朦朧《もうろう》としてくる。

（やだ。こんなの、悔《くや》しいよ）

意識と共に、喉を絞められた痛みや苦しみもぐんと遙《はる》か遠くへと去ろうとしていた。自分の身体が急速に力をなくしていく。

蒼翼、と小さくつぶやくと琶遙はその場に崩れ落ちた。


激しい鍔《つば》迫り合いに、双方の武器が火花を散らせる。

「ぐっ」

蒼翼ははじかれたように飛び下がった。カラクも同様に足場を確保する。

愛刀である輝庚嵐を握り直し、蒼翼は攻撃体勢を崩さぬままカラクとの距離をじりじりと詰めていった。一方、カラクは細身の片手剣と短刀に近い刀をそれぞれの手に煌めかせながら、じっと蒼翼の出方を待っている。

「行くぞっ」

正面から蒼翼が突っ込んだ。まるで羽でも持っているかのような勢いで相手の懐へ飛び込み、そのまま内側をえぐるように攻撃を仕掛ける。視覚よりも、相手の殺気を頼りに身体をひねって狙《ねら》いをつけた。

「！」

通常なら仕留められるはずの上部からの一撃目は、しかし難なくカラクに避けられてしまった。それでも立て続けに振り下ろした蒼翼の剣が、カラクを捕らえる。

(やったか!?)

確かな手応えを感じて、蒼翼は視線を走らせた。しかし。

手にした大小二つの剣を交差させ、カラクは蒼翼の輝庚嵐を器用に受け止めていた。衝撃を和らげるために身を低く保ちつつ完全に攻撃の力を削いでしまう。

誰にでもできる技ではなかった。

「良い動きです。志天勝殿は師範《しはん》の才もあられる」

カラクの涼しげな金色の瞳が、感心したように蒼翼を見上げていた。

「うるせぇ！　さっさと琵遙を返しやがれっ」

苛立ちをぶつけるように、力任せにカラクの両剣をはじき飛ばす。だがもちろん、そんな感情的な動きではカラクに傷ひとつつけることなどできるわけがなかった。

「返せ、とは心外ですね。琵遙様には誠心誠意、ご自身が置かれている状況をご説明させて頂いたつもりです。その上で奥の宮に入られたのであれば、それは自ら選ばれた道」

彼女に何も知らせずただ連れ回したあなたとは違う、とカラクは静かに付け加える。口調こそ優しいが、それ故に蒼翼の神経を逆撫《な》でする言い方だった。

「うぜぇこと言ってんじゃねぇよ。貴様がやったことは弱みにつけ込んだだけだろう！」

「それも後々の琵遙様を思ってやったことです」

カラクが先に前に出る。互いの距離が一気に緊迫する。一撃、二撃とカラクの矢継ぎ早の攻撃が続いた。二刀流であるカラクの、左右から次々と繰り出される刃が蒼翼を襲う。避けきれず、切っ先が蒼翼の腕をかすめた。

「く！」

たちまち肩に走る痛み。蒼翼は半身を庇《かば》うように片膝をついた。

「琵遙を思ってだと？」

カラクを睨み上げると、そのまま勢いをつけて立ち上がる。

「皇帝に引き渡すことがか!?　善人面すんじゃねぇ。あいつを守る気もないくせにっ」

すべてをなぎ払うが如き蒼翼の剣に、カラクは上手く立ち回っていた。互いの攻撃と防御が目まぐるしく入れ替わっていく。

（くそ……！）

カラクの流れるような動きに合わせて蒼翼も応戦するが、若干カラクの方が動きが速かった。その差が少しずつ両者の優劣を決定づけていく。

徐々に追い詰められる蒼翼は、その嫌な流れを変えようと渾身《こんしん》の力で剣をなぎ払った。

甲高い金属音がして火花が散る。輝庚嵐を正面から受け止めたカラクの瞳が、重なり合った互いの刃越しに見えた。

「それはお互い様ではないのですか」

冷めた声でカラクは言った。

「んだと？」

「では貴方には琶遙様を守れるというのですか？　一歩宮廷を出れば、伝説を知る男達が彼女を手に入れようと躍起《やっき》になって狙ってくる。それが一生続くのですよ。それを守りきるなど、軽々しく考えないで頂きたい。蒼翼殿、貴方はその残酷な運命を彼女に伝えることすらできなかったくせに」

「それは」

蒼翼の動きが止まった。その一瞬の隙をついてカラクの剣が責めてくる。

「！」

咄嗟《とっさ》に受け身で流したものの、勢いではじき飛ばされた蒼翼は身体を反転させてようやく体勢を戻した。

肩で大きく息をつきながら、蒼翼はカラクへと強い視線を向ける。あえてカラクも目を逸らそうとはしなかった。

「無駄ですよ、勝負は見えました」

落ち着き払った声でカラクが告げ、蒼翼は悔《くや》しげにうつむく。

それは自分でも分かっていた。気が、乱れ始めている。心を乱し我を見失った瞬間から、すでに勝利はカラクへと傾き始めている。

それでも蒼翼は、己の中の揺れる想いを止めることができないでいた。

「それが貴方の弱さだ」

近づいてくるカラクが、透き通るような瞳で残酷に告げた。蒼翼は何も言い返せない。

「だがその弱さこそが、琶遙様が蒼翼殿という人間に惹《ひ》かれる理由でもあるのでしょうね」

「？」

明らかに今までとは違う、カラクの独白のような小さな声を、蒼翼は上手く聞き取ることができない。しかし次の瞬間、カラクは意を決したように顔を上げた。

「最後に聞かせてもらいたいのですが」

カラクはゆっくりと距離を詰めながら、蒼翼という標的に向かって冷静に狙いをつけてくる。おそらく、次が最後の攻撃のつもりなのだろう。

「琶遙様を守り抜く自信も力もないのに、なぜ貴方はここへ来たのです？」

「！」

それを聞いた蒼翼の瞳が大きく見開かれた。滾るような熱い血が駆け巡り、強い鼓動《こどう》が全身を貫く。

「俺は……っ」

蒼翼は服の上から自らの心臓部分を握りしめたまま、じっと動かない。

胸の奥が熱い。

この胸を締めつける想いが、正しいことなのかは分からない。何が彼女の幸せかと考え出すと、本当は今も迷う。カラクの言う『宮廷で守る』という理屈もよく理解している。けれどただひとつ、譲れない真実がある――なぜ宮廷《ここ》に来たのか？　それは。

蒼翼は真っ直ぐに顔を上げると、強い口調でカラクに言い放った。

「俺が琵遥を好きだからだ！」

迸《ほとばし》る想いに気圧されるように、カラクが一歩引いた。

そのかすかな動揺を、蒼翼は見逃さない。輝庚嵐の剣先は、的確にカラクの喉元へと突きつけられていた。

「……」

迎え撃つはずのカラクは、なぜかその場で静かに佇《たたず》んでいる。そして沈黙を保ったまま、その金色の瞳をじっと蒼翼へ向けた。

カラク、と蒼翼は今まで戦ってきた眼前の敵の名を呼ぶ。

蒼翼は瞬時に理解していた。

カラクが今なぜ、自分と戦っているのか。それは彼が宮廷の人間で、紅蓮后の部下だからではないのだ。カラクが蒼翼の前に立ちふさがろうとしている理由――。

蒼翼はぐっと拳を握りしめた。

自分は今、試されている。琶遙へのまがうかたなき愛情と、共に過酷《かこく》な運命を生きる覚悟を。

「守れるかじゃない。守るんだ、俺が」

口をついて出てきたのは意外にも静かな声だった。まるで自分に言い聞かせるような口調で、真っ直ぐカラクの顔を見る。

「約束する。どんなことがあっても、俺は絶対に琶遙を守り抜く」

それは強い意志を宿した、心からの真実の言葉だった。

「蒼翼殿」

カラクの表情が解けた。構えていた二刀の刃を鞘《さや》に収めながら、カラクは蒼翼へ初めて笑顔を向けた。

「その言葉を待っていました。感謝します、私自身の迷いも貴方が吹っ切ってくれた」

「……ってお前、もし俺が琶遙を守るって言い切らなければどうするつもりだったよ？」

「もちろん殺すつもりでしたよ」

さらりと怖いことを言ってくれる。蒼翼は引きつった顔のまま、椿門をくぐり抜けた。

「ついてきて下さい。琶遙様の元へと案内します」

目の前には奥の宮への階段が続いている。蒼翼は自分の剣を鞘に収めるとカラクの後について歩き始めた。ふいにカラクが振り返って、不安そうに夜空を見上げる。

「琶遙様は今夜、皇帝と会われます……間に合えばよいのですが」

つられて蒼翼もそちらへと視線を向けた。

闇に浮かぶ月は、すでに昇り始めている。

誰かが入ってくる気配がして、琶遙は目を覚ます。反射的に身をすくませながら、見渡した部屋は見知らぬ場所だった。奥の宮のどこかだろうか？

琶遙の暮らしていた部屋とは違う角度から、月光が美しく回廊を照らしている。

（もしかしてここ……？）

普段よりもより豪奢に飾り立てられているその部屋が、皇帝を迎え入れるための部屋だと気がついた。寝かせられていた長椅子から外へ出るための扉には、琵遙の背丈ほどもある白磁器の壺《つぼ》が、まるで門番のように左右に並べられている。壺には命を授けると言われる七色の翼を持つ鳳凰《ほうおう》と国家繁栄の象徴である百宝華《ひゃくほうか》が絡み合う絵付が施されており、見事ながらもどこか淫靡《いんび》な印象を受けた。

寝台へと続く部屋には扉が一切なく、代わりに細やかな刺繍《ししゅう》の入った紗幕《しゃまく》が幾重にも連なっていた。ほのかに揺れる釣灯籠《つりどうろう》の明かりが紗幕を照らし幻想的な雰囲気を醸《かも》し出している。

「蒼翼」

急に心細くなって耳をすませるが、ここからではよく外が見えず何も聞こえない。さきほど紅蓮后に無理矢理飲まされた眠り薬の苦い味が、口の中に残っていた。

「姫様、主上様が参られましてございます」

この部屋付きの女官なのだろう、聞き慣れない声がすぐ近くで静かに響く。

「……」

「お迎えのお言葉は分かりますね？」

琵遙は諦《あきら》めたように黙って頷いた。

蒼翼達がこの宮廷に来ているのだという。しかもたった二人で……なんて無謀なことをしたのだろう。こんな奥までたどり着けるはずがないのに。

無意識とはいえ一瞬でも助けを求めようとした自分を恥じる。第一、今の状況は自己嫌悪から選んだ最良の策だと思ったからではないか。

(早く抱かれて気に入ってもらえれば、蒼翼達を助けてくれるかも)

琵遙は勇気を出すとぐっと目を閉じて覚悟を決める。

「皇帝陛下にあらせられましては、ご寵愛《ちょうあい》を賜《たまわ》りたく、我が身を献上致します」

今宵《こよい》のために、何度も練習させられた台詞《せりふ》を述べる。深く頭《こうべ》をたれた拍子に髪飾りがしゃらりと軽い音を立てた。

「うむ」

頭上から満足そうな皇帝の返事が降りてくる。そっと顔を上げると、初老の男が月を背に立っていた。さすが皇帝にふさわしい威風堂々とした姿だが、今の琵遙にとってはそれどころではない。

(こんな……おじいちゃんみたいな人でも、カラクがしたみたいなことするの?)

皇帝が聞いたら怒り出しそうな感想である。事実、皇帝は今年五十を超えたばかり――宮廷内ではますます男盛りだと常日頃から褒《ほ》めそやされているのだ。

「そなたが絶華か」

皇帝が無遠慮に身を近づけた。独特の威圧感が琶遙の身を下がらせる。

「！」

覚悟は決めたものの、反射的に距離を置こうとする琶遙の態度を「初々《ういうい》しい恥じらいだ」と勝手に好意的に受け止めた皇帝は、機嫌良く絶華に手を伸ばす。

嫌悪を感じさせないように、琶遙はそっと身を反らし顔を伏せた。

「そちは幾つじゃ？」

「……今年で十五になります」

消え入るような琶遙の声に、皇帝は「十五か」と繰り返す。

「面倒ばかりが多い、まだまだ青い身体じゃのう。絶華でなくば抱く気も起こらぬが」

本当に面倒くさそうな声が、琶遙の耳へと届いた。しかし。

「！」

いきなり強い力で引き寄せられた。あまりのことに、琶遙は驚いて声も出ない。

皇帝はそのまま有無を言わせぬ力で琶遙の腕を取ると、部屋の奥にある寝台ではなく、月の明かりが照らす回廊へと連れて行った。

「何をなさいます!?」

部屋付きの女官も慌てて部屋から出てくる。

「世を繁栄させると言われる華じゃ。今宵は月のもとで絶華を見るぞ」

「そんな」

息を飲んで震える琵遙の耳元で、皇帝は低くつぶやく。

「安心せい。生娘《きむすめ》のそちには初めての経験だろうが、落ち着いて身を任せれば我が技巧で何度でも導いてやる。今宵はその蕾《つぼみ》を思う存分開花させるが良いぞ」

悦に入《い》る皇帝の生々しい声が、琵遙の神経を逆撫でする。

カラクのときのように優しく抱きしめられるでもなく、何一つ気を遣われることもないまま、琵遙は廊下に押し倒された。背中に痛みが走る。

「そうじゃ、そちが絶頂を迎えるときは我が身の上に乗れ」

相手の意などまったく解する気持ちもなく、震える琵遙を見下ろしながら皇帝が命じる。

「その体勢が最も絶華を美しく見られるだろうからな」

そう言い放つと、返事も聞かぬまま慣れた手つきで琵遙の衣をほどいていく。

琵遙はどうすることもできずに目を閉じた。言葉にならない悲しみで胸がいっぱいになる。綺麗《きれい》に着飾った奥の宮の后達は、みな皇帝に抱かれることを日々夢見ているという。

けれどもこんな風に扱われることが、果たして幸せなのだろうか。これが皇帝の寵愛を受けるということならば、彼女達はあまりにも悲しい。

「……」

琵遙は紅蓮后の冷たい唇を思い出していた。琵遙に恐怖を与えた后。しかし彼女の辿《たど》ってきた人生とその中で育まれた暗い精神を考えると、やはり憎悪よりも憐《あわ》れみが先に立つ。

ばさりと表衣がはだかれた。琵遙の、傷ひとつない真っ白な胸があらわになる。

「やっ」

思わず声を上げるが、両手を肩上に押さえられてどうすることもできない。

「ほう、これは良い香りじゃ。たまには生娘も良いものよのう」

感心したように皇帝が琵遙の胸の谷間に口を押しつける。髭が琵遙の柔肌に刺さり、鳥肌が立つような痛みが広がった。

（やっぱり無理！　こんなの絶対耐えられないよっ）

琵遙は心の中で叫びながら、目尻《めじり》に涙を溜める。

そのとき。

「ジジイ！　その汚い手を琵遙から離せっ」

聞き覚えのある声が部屋中に響く。それは決して脳裏から離れない、懐かしい声。

驚いて身を上げた皇帝を守るように、どこからともなく数人の近衛兵が立ちふさがった。

琵遙はその間を素早くすり抜けると、はだけた衣をかき合わせて声の主を捜す。

「蒼翼っ」

その場の誰よりも早く、琶遙は彼の姿を見つけ出した。

護衛兵の間に緊張感が走り抜け、大きな両手剣が月闇のもと素早く飛び込んでくる。

皇帝を囲む陣が一斉に崩れた。しかし、次の瞬間には皇帝の守り手と侵入者への攻撃部隊が瞬時に振り分けられていく。

そんな周りの動きなどまったく無視して、琶遙はただ蒼翼の側へと走り込んだ。

「……来てくれたんだ」

そのまま座り込んでしまった琶遙を守るように、蒼翼は兵士達の前に立ちふさがる。その頼もしい背中を見上げる琶遙に、蒼翼は素早く振り返って告げた。

「おう。待たせたな、琶遙」

お互いに言いたいことはたくさんあるが、どうやらその隙を与えてくれる状況ではない。

「おのれ！」

あっという間に数十人へ膨れあがった近衛兵が琶遙達を取り囲む。

皇帝の姿はどこかへ消えていた。さすがは宮廷兵士だ。もしこれが暗殺目的ならば、蒼翼のもくろみは確実に失敗に終わっている。

蒼翼が慎重に、輝庚嵐を握り直すのが見えた。

誘われるように飛び込んできた兵を、蒼翼は手際よく片付けていく。皇帝直属の近衛兵はさすがに精鋭揃いで手強かったが、それでも蒼翼の迷いなき剣の前には怯《ひる》みが見える。

(すごい……蒼翼ってこんなに強かったっけ?)

敵の間を縫《ぬ》うように蒼翼の身体が動く。大きなうねりが立つごとに、兵がバタバタと倒れていった。多勢を前に、今の蒼翼は鬼神のような強さである。

助太刀も忘れて唖然《あぜん》と眺《なが》める琶遙の元に、蒼翼の腕が伸びてくる。

「立てるか? 今のうちに逃げるぞ!」

気がつくとほとんどの兵が倒れている。しかし、その他の数人が慌《あわ》てて奥へと消えていくのが分かった。確かにこのまま援軍を呼ばれてはやっかいだ。

琶遙は気丈に立ち上がると、差し出された蒼翼の手を握る。

「ありがと……でもどうして?」

安堵《あんど》や歓喜とともに、琶遙の中に疑問が沸き上がる。廷内《ていない》に詳しくもない蒼翼が、一体どうしてこんな場所までたどり着けたのか。

「カラクが手引きしてくれた。ほら、早く」

手短に説明する蒼翼に、謎《なぞ》は深まるばかりだ。カラクが何故、蒼翼の侵入を手伝うのか? 第一そのカラクは今、どこにいるのだろう。

ふいに回廊の向こうで大勢の足音がする。

「来るぞっ」

「う、うん」

聞きたいことはたくさんあったが、どうやら今は逃げるときのようだ。琵遙は素早く判断すると、握りしめられた蒼翼の手に力を入れる。

それに無言で応えるかのように、蒼翼が強く握り返してくれた。

「蒼翼」

琵遙の胸に嬉しさがこみ上げる。

二人して椿門へと駆けながら、琵遙はふと幼かった日々を思い出していた。桜《さくら》が見たいと泣いて、強引に連れて行ってもらったあの頃。

そのときと同じように蒼翼の手は温かい。それは昔からずっと大好きだった手だ。

「……まったく手のかかる奴」

それは桜のときと同じ台詞だった。琵遙は嬉しさを抑えるようにギュッと繋いでいない方の手を胸に押し当てる。胸の奥は温かく、好きだという想いが切ないほどあふれてくる。

きっと蒼翼も同じ気持ちでいるのだと、不思議なほど信じることができた。

照れたように前を走る、蒼翼の顔は見えないけれど——。

第五章　月は湖水に煌めき　華咲き乱れる

門を出ると、城壁沿いにカラクが馬を一頭用意して待っていてくれた。琵遙《はよう》達は急いでその馬に乗る。蒼翼《そうよく》が琵遙を先に乗せ、背後から抱き込むように手綱《たづな》を取った。

「こちらへ」

自らも馬を操り、見事な手綱さばきで一番有効な脱出経路へと案内してくれる。そんなカラクの周りにも、意識を失った兵が幾人《いくにん》も倒れていた。

「カラク、まさかこれ」

驚いた琵遙に、カラクはいつもの穏やかな笑顔を返してくれる。

「やってしまいました。これで私も立派な反逆者です」

「なんかごめん、色々と……」

シュンとして謝る琶遙。そんな琶遙を後ろから蒼翼がこづいた。

「謝るこたぁねぇよ。元はと言えばこいつが悪い」

「また蒼翼はそういうこと言う！」

琶遙は背後の蒼翼に抗議するが、なにぶん狭い馬の背なので強引に頭を前に向けられてしまった。

（まったく、相変わらずカラクに厳しいんだから！）

仕方なく前を向くと、琶遙は自分が乗っている馬の首を撫でた。

「よろしくね」

琶遙と蒼翼の乗った馬は闇《やみ》に溶ける艶《つや》やかな黒毛で、二人分を乗せても軽やかに走ることができる力強い雄馬だった。夜中の逃亡にこれ以上頼れる存在はない。

手際よくしかも抜かりのないカラクの完璧な行動に、琶遙は改めて感謝する。

「この林を抜ければ小高い丘に出ます。そこから正門にいる志天勝《してんしょう》殿の動きもよく見えるはずですよ」

前をゆくカラクの説明に、琶遙は急に心配になった。

「正門ってすごい兵の数じゃ……大丈夫かな」

琶遙の質問に、カラクも呆れたように首を振って答えた。

「正気の沙汰《さた》とは思えないですね。正門は最も防衛の堅い場所。たとえ囮《おとり》とはいえ、そんなところにたった一人で乗り込むとは」

「あの師匠のことだ、正気の沙汰は持ち合わせちゃいないよ」

蒼翼は割と真剣にそう言った後「その分、半端なく強ぇけど」と眉《まゆ》をしかめてみせた。

カラクの教えてくれた小高い丘へと馬を移動させると、確かに正門の様子が全体的に見渡せる場所にでた。見える人の大きさは小指程度だが、状況を把握するのは十分である。

「なんだ、あの正門から続く黒い帯状の影は？」

見ると確かに、正門周辺から外堀へと伸びる大きな一本道が一面『何か』で埋まっている。先端だけはやや尖《とが》ったような形で、かすかな動きが見えた。

「あ……あれって師匠だよ！」

その先で暴れている志天勝をいち早く見つけた琶遙は、その光景を見て唖然《あぜん》とする。

正門から累々《るいるい》と積まれた『何か』――それは志天勝に倒された兵士達だったのだ。それが証拠に、その帯の先には元気に動き回る師匠の姿があった。

「どこまで強いんだ、あのおっさんは」

「……信じがたい光景です」

「どんなときも常識を超えて元気だよね、師匠は」

琵遥達が三者三様の意見を述べる。

志天勝は宮廷内で『囮《おとり》』としてひと暴れしただけでは物足りず、その後に追ってくる兵達を次々と沈めているのだ。今も鮮やかな矛《ほこ》さばきで敵を倒していく志天勝は、相手にわずかな反撃すら許してない。それでもまだ余裕があるのか、丘の上で呆れている三人の姿を見つけ、にこやかに手を振ってきた。

「あはは」

確実に場違いな感覚を覚えながら、仕方なく琵遥と蒼翼は手を振り返す。

その間にも襲いかかってくる兵を五人十人となぎ払いながら、志天勝は大袈裟《おおげさ》な身振り手振りで何か指示を出してきた。

蒼翼が目を凝《こ》らしてその動きを読み解く。

「さっさと……？　佳碧湖《かへきこ》へ……向かえ……」

琵遥は思わずため息をついていた。

「師匠ってば、援護とか本当にいらないの？」

「なんか全然、いらねぇみたい」

肩をすくめてみせる蒼翼に、琵遥は「そうみたいだね」と同意するしかない。

圧倒的な強さを誇る偉大な師匠に感謝しながら、三人は指示通りに丘を後にした。

「私はここで別れます」

城壁から遠く離れて人気のない街道へ出ると、カラクがふいに馬の手綱を引いて止まる。

「この先から佳碧湖までの道のりは蒼翼殿の方が詳しいでしょう」

「え？」

心のどこかでずっと一緒について来てくれると思っていた琶遙は、カラクの行動に一瞬戸惑《とまど》うが、すぐに状況を把握する。そして寂しい気持ちで無理に笑顔を作った。

「そっか、そうだよね。私達、これから国破りっていうさらに悪いことするんだもんね」

「さすがの私もそこまでは付き合えませんから」

それに、とカラクは微笑みながら涼やかな視線を馬上の二人に向ける。相変わらず、はっとするような美貌《びぼう》だった。

「私もそこまで野暮ではないつもりです」

「？」

いまひとつ意味の分からない琶遙の代わりに、なぜか蒼翼が赤面している。しかしカラクはあえてそれ以上語らず、簡単な旅支度を整えた荷袋を蒼翼に渡した。

「時間がなかったので、あまりたいした物はありませんが」

「すごい……いつの間に？」

「宮廷内でのし上がるにはこれぐらいの心遣いは基本です。こう見えて結構、私は優秀な文官だったんです」

「それはすごく、よく分かる」

琵遙は真面目に頷《うなず》くと、蒼翼の腕に抱かれながら改めてカラクへと視線を移した。

「本当にありがとう、カラク。色々迷惑かけてごめん」

「俺からも一応礼を言っておく。悔《くや》しいけど、あんたの力がなければ、マジで琵遙は救出できなかった」

珍しく蒼翼も頭を下げている。琵遙は馬上から手を伸ばすと、カラクの手を取った。

「私達が言うのも変だけど……カラク、どうか元気でいてね」

「琵遙様」

「琵遙って呼んで。もうカラクは宮廷の人間ではないんだし私も絶華《ぜっか》じゃないよね。私達、友達でしょ？」

「……そう、ですね。それでは」

琵遙、とカラクは初めて自分の名を呼び捨ててくれた。そして、

「きれいな華を見せてくれてありがとう。あらためて礼を言わせて下さい」

穏やかな口調のカラクの返答に、今度は琵遙が赤面し代わりに蒼翼は青くなる。

「華って⁉　まままま、まさか琵遙っ、お前……！」

口をパクパクさせて慌てまくる蒼翼に、琵遙は激しく首を振った。

「ち、違うわよ！　何ひとりでバカなこと考えてんのっ？　これには深い事情があって」

「おい、カラク！　お前、どういうことだか説明しろ、説明っ」

「はい、実は……」

素直に事情を説明しようとするカラクを必死に止める。

「いやぁ！　しなくていいよカラク！　全然しなくていいからっ」

「何ィ！　しなくていいようなコト、したのかよ⁉」

「変なコト考えてんじゃないわよ、蒼翼のバカ」

「考えてねぇよ」

「考えてるよ、わかるもん」

「考えてねぇって言ってんだろ！」

いつまでも終わりそうにない二人の口喧嘩《げんか》を止める気もないらしく、カラクはにっこりと微笑むと手綱をさばいて馬を返した。

に馬を近づけた。

「では私はこのへんで」

「あ！　お前、言い逃げか？　ちゃんと俺に説明してから行け」

声を荒らげる蒼翼に、カラクは少し考えてから「そうですね」と何かを思いついたよう
「ではひとことだけ」

そのまま蒼翼の耳元に口を寄せると、小さな声でささやく。

「大切な人を譲《ゆず》ったんです。これぐらいの意地悪はさせて下さい」

「……」

真意が掴みきれず困惑《こんわく》気味の蒼翼の肩を軽く叩くと、カラクはその肩越しの琵遙に心配ないと目配せしてくれた。

「さて、本当のお別れです。お二人とも元気で」

最後まで美貌を崩さないまま、カラクは颯爽と走り去った。

「……すまないカラク、最後まで迷惑かける」

その背中に向かって、蒼翼が小さくつぶやく。そして不思議な顔で見上げる琵遙の頭を
「なんでもない」と安心させるように二、三度撫でた。

ここまで来る間に蒼翼が感じていた追っ手だけでも相当な数だった。優秀なカラクなら

もっと多くの敵を察知していただろう。それらすべての掃討《そうとう》をカラク一人に任せるのは心苦しいが、今は琶遙を無事に佳碧湖まで連れて行くのが先決だった。

それはカラクの想いでもあり、志天勝の想いでもある。二人から託された大切な姫のぬくもりを、蒼翼は改めてそっと抱きしめた。

「え、何？」

いまいち状況の分かっていない琶遙だったが、蒼翼に「これ以上は男同士のことだから」と言い返されて何も質問できなくなる。

「さぁ、今のうちに距離を稼《かせ》ぐぞ。琶遙、疲れたら眠っておいていいからな」

「……うん」

そこから先の道は大きな月明かりだけが頼りになった。誰もいない真夜中の街道で、ひたすら馬を飛ばす蒼翼――その懐《ふところ》に、しっかりと琶遙は抱かれていた。

(私、本当にこの場所に帰ってこられたんだ……)

幸福な安堵《あんど》感を噛みしめながら、琶遙はゆっくりと瞳を閉じる。

脳裏にふと、忘れていた記憶がよみがえった。自分は蒼翼に出会うよりもずっと前、こうして男の人の腕に抱かれながら馬に乗ったことがある。

(そうだ。あれは私が五歳のとき)

こうやって大好きな人の胸に抱かれながら、安心して眠りに落ちたのだ。

生まれてすぐ、運命に流されるままに奥の宮へ連れて来られた。それでも何の疑問も持たずに人形のように生きてきた。理由も分からず紅蓮后から虐《いじ》められ、五歳のときには刃物さえ突きつけられた自分を、あの人だけが庇ってくれたのだ。

（蒼鏡様……）

思い出さなければ良かったと、奥の宮では何度も後悔したけど――。

琶遙はそっと顔を上げて蒼翼の胸に頬《ほお》を当てた。

「蒼翼。私ね、奥の宮で思い出したんだ……全部。生まれてすぐに奥の宮に引き取られたことから、蒼鏡様が私のために命を落としたことまで」

その言葉に、蒼翼が顔色を変えた。

「琶遙。それは」

「ううん、違うの。確かにちょっと落ち込んだけど」

そんな蒼翼に少しでも心配をかけまいと、琶遙は努めて明るい声を出す。

「上手く言えないけど……今は嬉《うれ》しいんだ」

「嬉しい？」

「そう、嬉しいの。みんなの気持ちが、とても」

琶遥が噛みしめるようにつぶやく。

確かにあの残酷《ざんこく》な事実を知らなければ、ここまで傷つくこともなかっただろう。けれどきっと彼らの優しさにも気づかないままだったのだ。そう思うと不思議な気がした。

「隠した方がよい真実なんて世界のどこにもない、か。結局、師匠の言うとおりだったな」

「何?」

小首をかしげる琶遥に、蒼翼は「なんでもねぇ」と肩をすくめてみせた。そして、

「寒くないか?」

と優しく声をかけてくれる。

「うん。それよりも傷……大丈夫?」

蒼翼の肩には、カラクとの戦闘で傷ついた血が滲《にじ》んでいる。今はもう乾《かわ》いてしまっているが、上衣ごと切り裂かれた傷が痛々しかった。

「なに、ただのかすり傷だ。気にするな」

二人の間に穏やかな言葉のやりとりが自然と生まれている。

蒼翼と離ればなれになって初めて、自分にとって彼がどれだけ大切な存在か思い知った。いつも側にいてくれること——今、琶遥の心はただそれだけを強く求めている。

「ちきしょう」

と、突然蒼翼が舌打ちした。

「何？」

「琶遙が傷の話したら、急に痛くなってきた……忘れてたのに！」

「何それ？　私のせいだって言いたいわけ？」

たちまちいつもの二人に戻る。

けれどそれさえもなんだか嬉しくて、二人は照れくさそうに笑い合いながら佳碧湖を目指したのだった。


佳碧湖に着いたのは、月が夜空の頂点へと達する夜半過ぎだった。

あれから琶遙達の行く先に追っ手はまったく現れず、本来ならばそれは奇跡に近いことだ。だがその奇跡はもちろん、カラクと志天勝によって守られたものである。

「本当にお疲れ様、元気でね」

ここまでお世話になった馬にたっぷりの水と草をやって、鞍《くら》と手綱を外す。馬はしばらく名残《なごり》惜しそうに佇んでいたが、やがて夜の草原へと消えていった。

「さて」

琵遙達は改めて湖のほとりに立つ。

湖を渡る舟を探すにも朝まで待つしかないが、できれば夜の闇に紛れて国境を越えてしまいたかった。しかし手段がない。

「どうしよっか？」

「そうだな。適当に舟を失敬するか」

「やっぱりそれしかないよね。う～ん、でもなんか悪いし……出来るだけボロ舟にしようよ」

「おいおい、それじゃあ俺達が沈むだろーが」

「あの……」

「!?」

その会話に突然、闖入《ちんにゅう》する者があった。悪い算段をしていただけに、必要以上に肩をこわばらせる琵遙達。驚いて振り返ると、そこには見慣れない少女がひとり立っていた。

見れば漁村の娘らしく質素な身なりで、なかなか可愛らしい顔をしている。敵ではないと信じたいが、なにぶん今は真夜中だ。状況的にあやしくないとも言い切れない。

どう対応しようかと迷う二人に、少女の方から「お茶屋の娘です」と名乗ってくれた。

「志天勝様に言われていたのです。もしお二人が来たら舟を出して欲しいと」

「⁉　それでこんな夜中まで？」

琵遙が目を見開いて聞き返したのに対し、少女は健気に首を振ってみせた。

「いいんです。ここでお待ちしていたのは夜だけですから。志天勝様から、きっと二人は夜の間に湖を渡るはずだから手伝ってやって欲しいと頼まれました。それから五日以内に来なければ忘れてくれとも」

それでも大変な苦労だろう。琵遙は申し訳ない気持ちでいっぱいになる。

「それからこれも」

少女から渡された竹網籠《たけあみかご》には着替えや食料など一式の旅支度が整っていた。

「えっと……色々とありがとう。本当に助かります」

少女の思いがけない親切に、琵遙は戸惑いながらもお礼を述べる。しかし、いくら志天勝に頼まれたからと言って、ここまで二人のために協力してくれるのは何故なのだろう。

「気にしないで下さい。これしきのことで志天勝様のお役に立てるなら本望ですから！」

真っ赤な顔でうつむく娘の姿に、たちまち合点がいく。

「あのっ。志天勝様はまた、この湖に立ち寄られますよね？」

少女の必死な問いかけに琵遙は「だと思いますけど」と苦笑いで応え、蒼翼は呆《あき》れたように天を仰いだ。

そして舟に乗せてもらう道すがらコソコソと小声で話し合う。

「蒼翼、私なんか悪いことしてる気がする」

「気にするな。ひょっとしたら本当に師匠はあの娘を娶《めと》るかもしれないだろ?」

「う、うん……」

「まぁなんつーか。あらゆる意味であの人には勝てないよな」

心の中でそれぞれ偉大なる師匠を思い浮かべながら、琶遙達は舟場に止まっている小さな舟に乗り込んだ。

「本当に助かりました、ありがとう。その、師匠に上手く会えるといいね」

「はい! あなた達もどうかご無事で」

お茶屋の娘に挨拶《あいさつ》をして、舟はゆっくりと岸から離れた。

艪《ろ》を漕《こ》ぐ蒼翼の手がふさがっているので、その分も一緒にたくさん気持ちを込めて手を振る琶遙。やがてその少女の姿もうっすらと夜の闇に消えていった。

真夜中の佳碧湖は鏡のように澄み渡り、星々と月を穏やかに湖面に映し出している。

湖といってもまるで海のような広さだ。対岸などまだ遙か遠くにあり、どれだけ目を凝らしても目視することは叶わなかった。

湖に切り立つ山々も、今はその巨体を夜の闇《やみ》に沈めたまま黙している。舟の立てる穏やかなさざ波以外は、何一つ動くことのない景色――ただひたすら静かな夜だった。

「蒼翼」

湖水を見つめながら、琶遙がそっと名を呼ぶ。

「なんだ、寒いのか？　そういやお前、ヘンテコな衣装のままだもんな」

「あ、ううん。大丈夫」

佳碧湖までの旅は、ほとんど馬に乗りっぱなしだった。新しい服を買う余裕もなく、なんとか工夫して最低限の動きやすさだけは確保したが、さすがに防寒までは手が及ばない。

言われてみれば、確かに少し肌寒い気がした。

「とりあえずコレ、着とけ」

蒼翼は強引に自分の上衣を渡してきた。戸惑いながらも琶遙はそれを羽織ることにする。

「……ありがと」

蒼翼の熱が残る衣に抱かれながら、琶遙は懐かしいような温かな気持ちになる。

「なんだかこうしていると世界で二人っきりみたいだね」

空を見上げると満天の星空に凍えるような月が見えた。湖にも同じ夜空が、不思議な色合いで揺れている。

「ねぇ蒼翼。私が桜が見たいって泣いた日のこと覚えてる？」

「ああ。お前が途中で疲れて歩けなくなったやつだろ」

あのときは苦労したぜ、と艪を漕ぎながらぼやく蒼翼を見て琵遙はくすりと笑った。

「結局、私をおぶって桜を見に連れて行ってくれたんだよね。蒼翼だってまだ小さかったのに……あのときもね。私、蒼翼の背中におぶさりながらこんな風に空を見てた。周りには誰もいなくてさ、まるで世界に二人っきりみたいだったなぁ」

「呑気なもんだ、俺は必死だったのにさ」

「あ！　でもさ私、あのときに桜を見た記憶がないんだよね。なんでだろう？」

舟を漕ぐ手は休めずに、蒼翼は呆れた顔だけをこちらに向けてきた。

「覚えてないのかよ？　苦労して連れて行ってやったのに」

「？」

「お前ってやつは本当に。あのなぁ……桜の木に着いたときに寝てたの、俺の背中で」

「！　本当？」

過去の意外な事実に琵遙は目を丸くする。道理で桜を見た記憶がないはずだ。

(私の我がままで苦労したんだから、起こしてくれてもよかったのに)

それでも琵遙には分かる。こんな風に文句を言いながらも、蒼翼は気持ちよく寝ている自分を起こせない。そんな不器用な優しさがおかしかった。

「そっか、そうだったんだ。ありがとね、蒼翼」

「まったくだよ。本当にお前はちっちゃい頃からいつもいつもいつも！」

「手のかかる奴、だよね」

「!?」

それは桜が見たいと泣いた日に蒼翼がかけてくれた言葉であり、奥の宮から助け出してくれたときの言葉でもあった。

照れたように蒼翼が頬《ほお》を掻く。

「ま、まぁ俺、嫌いじゃないし。その、琶遙に迷惑かけられんの」

真っ赤になりながら少し早めに艪を漕ぐ蒼翼を見ながら、琶遙は優しく微笑む。

心はゆっくりとある答えを導き出していた。大切なたったひとつの真実。

(この人だけなんだ、私が心から愛していると言えるのは……)

蒼鏡《そうきょう》にはずっと幼いときから憧れていて、その想いは今でも消えていない。志天勝には大きな信頼と尊敬を感じているし、カラクだってとても素敵な人だと思う。

(だけど)

こんなに強い気持ちで愛おしく想い、自分の心の奥深い部分を乱すことができる相手はきっと、蒼翼しかいないのだ。

「蒼翼」

大切で大切でたまらないその名を、琶遙はもう一度呼んでみた。

「今までずっと、本当に色々とありがとう」

「な、なんだよ急に。大体、まだ安心なんかできないし！」

「私だってすぐに安心できるとは思っていないよ」

でも、と琶遙は言葉を続ける。

「蒼翼がいるから大丈夫。……そう思っていても迷惑じゃないよね？」

二人の絆《きずな》を確かめるように、でも少しだけ不安な気持ちで尋ねてみる。

祈るように蒼翼の顔を見上げると、そこには照れながらもしっかりと見つめ返してくれる瞳があった。

「当たり前だろ！　俺が守るよ。絶対」

蒼翼の短い言葉が、今は嬉しい。大丈夫、それだけで大丈夫だ。

「ありがとう」

いつでも蒼翼を信じている。蒼翼となら、きっとその想いを永遠に繋ぐことができる。

だからこそ――。

「お願い、蒼翼」

琶遙はある決意をして顔を上げた。声が少し震えているのが分かった。

「無事国境を越えても、これからまだまだ危険なことはいっぱいあるんでしょ？　確かに、どんな目に遭っても必ず最後は蒼翼が助けてくれるって信じているけど。それでも、またいつ離ればなれになっちゃうかもわからないし……」

「？　そうだな」

「だから、ね」

琶遙は高鳴る胸を押さえながら、そっと息をひとつ吐いた。

それを口にするのはとても勇気がいることだ。それでも想いを振り絞るように、琶遙は小声でささやいた。

「私を抱いて」

「抱いてって……お前」

それってどういう、という蒼翼の言葉を遮って琶遙は言い切った。

「ちゃんと最後まで」

「お前、それ本気で？」

「……うん」

「なんだよ、急に。恥ずかしいだろーが」

「私だって！　蒼翼にしか言えないよ、こんなこと」

少し怒りながら横を向く。馬鹿みたいに何度も確認しないで欲しい。

「私には絶華という運命があって、きっとそこから逃れることはできないの！　だからせめて、本当に好きな人に見てもらいたいの！」

琶遙の言葉に絶句している蒼翼が、やがて声を潜《ひそ》めて聞き返す。

「本当に俺でいいのか？」

琶遙は黙ったまま、けれどもしっかりと頷く。もう恥ずかしすぎて、直接蒼翼の顔を見ることができない。

「蒼翼じゃなきゃ、ダメなの」

そっと胸に頬を寄せて、琶遙は小声でつぶやいた。刹那《せつな》。

強い力で抱きしめられる。

「！」

身体全体に蒼翼の熱い体温と強い鼓動《こどう》が伝わった。琶遙は目を閉じて、そのぬくもりを逃さないように胸に顔を埋めた。

蒼翼の、日なたのような香りがする。

「琶遙、こっち向けよ？」

「は、恥ずかしいもん」

何故だか急に大人のような貫禄《かんろく》で声をかけてくる蒼翼に、琶遙はさらに顔を埋めてささやかな抵抗をしてみせる。

しかし蒼翼は落ち着いて琶遙の顎《あご》へと手を滑らせてきた。そして優しく上を向かせると琶遙の瞳をのぞき込んだ。蒼翼の思い詰めたような澄んだ瞳の中に、自分が映っている。

「琶遙」

いつもと違う、穏やな声が琶遙を包み込んだ。そのまま目蓋《まぶた》に優しく口づけされる。琶遙は導かれるように目を閉じた。蒼翼の唇が目蓋から頬を滑り落ち、耳元へと移動していくのが分かる。

「兄貴が初めてお前を連れてきたときから、俺」

熱い吐息とともに、蒼翼の言葉が耳の奥まで響いていく。

「お前のことがずっと好きだったんだ」

それはまるで媚薬のように琶遙の中へと染み渡っていき、心と身体を甘く痺《しび》れさせた。

「蒼翼」

私も、とつぶやく琶遙の喉元《のど》に蒼翼の唇が押し当てられる。くすぐったいような、それでいて身体のどこかが溶けていくような不思議な感覚が流れていく。

「ああ」

喘《あえ》ぐように琶遙は口を開き、そこへ蒼翼の唇が重なった。唇からその奥まで、愛《いと》おしむように隙間なく、蒼翼の舌が侵食していく。

甘い痺れはますます強くなり、琶遙はその心地よさの中で意識を朦朧《もうろう》とさせていく。今は恥ずかしいという思いよりも、愛しい人とその先へ行きたい思いが強くなっていた。

琶遙の気持ちが伝わったかのように、蒼翼は濃厚な口づけを止めないまま胸元の衣を脱がせていく。火照った身体が湖上の風に心地よかった。

蒼翼の両手が左右の柔らかなふくらみを包み込んだ瞬間、琶遙は感極まったように大きく息をつく。カラクのような細やかな技巧もなくて、それでも蒼翼のあふれるような愛情が伝わる愛撫《あいぶ》だった。

「蒼翼……すごく気持ちいいよ」

愛おしすぎてどうしてよいか分からないようなぎごちない手つきが、余計に体験したことのない官能を呼び覚ます。

そのまま船底に寝かされた琶遙の上に、蒼翼が覆い被さってくる。その温かな重みが嬉しかった。今、自分は愛している人に抱かれているという確信が琶遙の心を満たしていく。

琶遙は自分の胸の谷間にある蒼翼の髪に指を絡ませて、その柔らかで無垢《むく》な質感を感じていた。ふいに愛おしさがこみ上げてきて泣きそうになる。

（こんなにも……女の人って抱かれる相手でこんなにも違うんだ……）

感動で胸が震える。こみ上げる幸福感で息が詰まりそうだ。

蒼翼の唇が胸から腹部へと移動していく。それに合わせるかのように、自分の身体の核が熱を帯びながらぞわぞわと打ち震えているのが分かった。

「琶遙」

自分の名を呼ぶ蒼翼の声が身体の一番熱く疼いている部分に響く。蒼翼は改めて優しく抱きしめながら、何度も甘やかな口づけを落としてくれる。

その口づけを受けながらうっとりとする琶遙に、蒼翼は唇を当てたまま質問してくる。

「お前、あいつと本当に何もなかったんだろうな？」

「……ん」

それは相変わらず微妙な質問だが、こうして実際に蒼翼に抱かれてみると、カラクとの行為はまったく別物だった気もしてくる。

「まぁ色々教えてはもらったけど」

まだこだわってるの、と言おうとして蒼翼の瞳を見上げた琶遙は、彼が違う心配をしていることに気がついた。

「初めてなら……結構痛いかもしれない。我慢できないようならちゃんと言えよ」

こんなときでもまるで兄のような口調の蒼翼に、琶遙は思わずくすりと笑う。

「大丈夫、全部あげるって決めたんだもん」

「けど」

琶遙が大事で大事で、その想いが強すぎて色々と上手くいかなかった蒼翼だ。なおも躊《ため》躇《ら》う彼に、琶遙は優しく手を差し伸べる。

「蒼翼、お願い」

早く一緒になりたいの、という言葉は心の中だけでつぶやいた。

「……」

決心したように蒼翼はひとつになる体勢を整える。なるべく琶遙が緊張しないように優しい口づけをしながら——その麻酔《ますい》のような愛撫を受けつつ、琶遙の胸も次第に高鳴ってきた。

琶遙の身体がゆっくりと開かれる。蒼翼を心から信頼して任せきっているからできることだった。やがて今まで経験したことのない甘い痛みが押し寄せる。

「……痛っ」

身体の中心部を貫かれるような感覚に、琶遙は思わず目を閉じて顔を背けた。蒼翼の動きはゆっくりでこちらを十分気遣ってくれているが、それでも身体に無理なことをされている、という感じは否めない。

「本当に大丈夫か？」

「うん……」

それでも不思議なことに止めて欲しいとは思わなかった。肉体の痛みとは別に、どこかで甘美で抗いがたい官能が呼び覚まされている。蒼翼の動きに合わせて、その感覚はさらに強くなってきていた。

「琶遙、すげぇ気持ちいいよ」

押し殺したような低い声で蒼翼がつぶやく。その言葉が、琶遙を何よりも嬉しく誇らしい気持ちにさせた。

「私も」

まだ少し残る痛みを堪《こら》えながら、蒼翼を受け入れる。

「少し動かすぞ」

蒼翼が首筋に唇を押し当てながら言う。その言葉の意味が分からなくて返事に困っていると、蒼翼と繋がっている部分がなめらかに前後し始めるのが分かった。刹那。

「……ん！」

思わず声が出る。あまりにも気持ちよすぎて、琶遙は言葉を失った。

「すごい……蒼翼、私……！」

あまりの快楽に恐怖すら覚えながら、必死に蒼翼にしがみつく。こんな状態が続くと身体がどうにかなってしまいそうだ。全身が、心がとても熱い――。

「蒼翼」

やめて、という理性と止めないでという本能がせめぎ合う。こんな感覚はカラクのときにはなかった。

「……蒼翼！」

快楽の波が自分をどこかへ連れ去ろうとしている。その官能の波に身をゆだねる前に、琶遙の脳裏にふと浮かんだことがあった。

それは奥の宮で皇帝から聞かされた「絶華は上に乗ったときが一番美しい」という言葉。嫌悪と驚愕《きょうがく》の中でも、琶遙の耳にその言葉は不思議と残っていた。

「待って、蒼翼」

恥ずかしさを堪えて身体の位置を変える。蒼翼と入れ替わり、ちょうど琶遙が上に乗るような形で上半身を離した。蒼翼と繋がっている部分がさらに奥まで入り込み、新たな官能を呼び起こす。

「……んっ」

「琵遥、お前」

戸惑いながら下から見上げる蒼翼の口元が止まった。瞳が大きく見開かれる。

琵遥の白くて細い身体が、真上に上った蒼い月の光を受けて輝いていた。まるでこの世の者ではないような美しさだ。

「恥ずかしいけど。でも」

一番キレイな自分を見て欲しいという思いに勝てない。蒼翼の手と指を絡ませながら、琵遥は夜空を仰ぎ見た。

蒼翼が下から突き上げてくる。その度に震えるほどの快楽が全身を満たしていく。その感覚を目を閉じて確かめながら、琵遥は祈っていた。

見守るような蒼い月や湖に。絶華という運命に。ただひたすら大きな何かに――祈る。

幸福感に涙があふれた。大好きな人に抱かれることが、これほど素晴らしいことだとは思わなかった。何も知らずに皇帝に抱かれていたら、きっと得られない快楽だったのかもしれない。

「蒼翼」

喘ぐように琵遥の唇からこぼれる。

「好きよ、本当に」

「俺も愛している」

身体の核に大きな波が来た。琶遙はもう逆らおうとは思わなかった。

「ああ！」

図らずも大きな声が上がる。全身が一気に熱を帯びた。身体のどこかが激しく収縮して蒼翼の唇からも低い快楽の声がこぼれ落ちる。

「綺麗だ……琶遙」

本当に、と放心したような蒼翼のつぶやきが聞こえる。その言葉に琶遙は初めて自分の身体に現れた絶華を見た。

首筋から胸や腰、ほぼ全身に咲き乱れる紅い華。蒼い月に照らされた裸体が白く浮き上がり、その艶やかさをさらに誇張している。今まで絶華など嫌悪の対象でしかなく、それにまつわる運命に翻弄《ほんろう》される自分も嫌いだった。けれど。

「……蒼翼……！」

めくるめく快楽の中、琶遙の頰に一筋の涙がこぼれ落ちる。

心から愛している人のために咲く華ならば、この絶華までも愛せそうな気がしていた。

終　章　同じ天を戴いて

その飛脚屋《ひきやく》は少し意地になっていた。たった一通の手紙を届けるために、他の荷物はすべて仲間に任せたきり、もう幾日《いくにち》も街から街へと旅をしている。

その手紙の表には『志天勝様《してんしょう》へ』とだけ書かれており、他には住所も何もない。裏を返せば差出人は『琵遙《はよう》・蒼翼《そうよく》』となっており、それは『お尋ね者』として数ヶ月前に宮廷から各街へと伝令され、国中の人間ならば知らないものはいない名前だった。

噂によると差出人である琵遙と蒼翼は国破りに成功して隣国『玄《げん》』に渡り、その逃亡を手伝ったといわれる志天勝は、未だこの国のどこかに潜伏中なのだと言う。

(とはいえただの罪人ならば、俺もここまで探さないんだが)

王宮の兵士ならば面子《メンツ》にかけても捜索しなければならないのだろうが、商人にとっては正直、どうでもいい話である。

それでもこの飛脚屋が、宛名の志天勝にどうしても会いたくなった理由――それは彼が密かに想いを寄せる宿屋の娘の変貌《へんぼう》にあった。

それは一週間ほど前のこと――。

志天勝と名乗る男が飛脚屋の住む街に来た。たまたま仕事で街を空けていた飛脚屋は志天勝の顔を見ることはなかったが、そのときにあろうことか町中の娘すべてが恋に落ちたのだ。

それは愛しの彼女も例外ではなく、相手が罪人であるにも拘らず役人に知らせるどころか、我先に匿《かくま》って少しでもお近づきになりたいと目の色を変えていた。

(結局、その騒ぎを嫌った当の本人はすぐに街を後にしたって噂《うわさ》だが……)

悲しみに沈む未来の恋人の姿と、たまたま自分の手元に迷い込んだ一通の手紙を見比べながら、飛脚屋は、その志天勝という男の顔をどうしても見たくなったのである。

「ここがその宿だな」

飛脚屋はやっと見つけたとばかり、一軒の宿を見上げる。

王都の兵達も必死で捜しているはずだが、自分の方が先にたどり着けるという自信はあった。大体、情報通の商人達は役人や王宮兵士よりも、自分のような飛脚屋の方に心を許して色々と情報を提供してくれるのだ。

先ほど居酒屋で仕入れた噂では、この宿にものすごくかっこいい二人組が逗留《とうりゅう》しているらしい。

(二人組ってことは……仲間でもいるのか?)

首をかしげながらも、飛脚屋は店先の女将《おかみ》に声をかけた。

「すみません、ここに志天勝って人いますか?」

「!? あんた何者《なにもん》だね」

泣きぼくろが妙に色っぽい美人女将が、緊張した面持ちで飛脚屋を睨《にら》みつけた。これは完全に志天勝の味方の顔である。ほんのりと顔を赤らめる女将を見ながら、飛脚屋は「この街でもそうか」とため息をつく。そして安心させるように微笑《ほほえ》むと、

「何も捕まえにきたわけじゃないです。ただ志天勝さん宛の手紙を届けなきゃいけなくて」

それが仕事ですから、とさらに愛想を振りまいてみた。

それでもまだ不審げに見上げる女将の顔を見ながら、飛脚屋はやれやれとため息をつく。面食いの女性にとって、噂の美男子に比べれば自分の愛想笑いなど風の前の塵《ちり》に同じなのだろう。これは、張り込みでもしないと本人には会えないかもしれない。しかし。

「恋文なら間に合ってるけど?」

女将の背後から声がしたかと思うと、ふいに偉丈夫な男が姿を現した。

すらりと逞《たくま》しい長身の肢体に、整った容貌《ようぼう》。どんな女性からでも信頼されるような懐《ふところ》の深さと、同時に危険な雰囲気を併せ持っている感じがする。男でも思わず引き込まれるような色香を身に纏《まと》わせたその男は、自信に満ちた輝きで不敵な表情を浮かべていた。問わずとも分かる、この男こそ――。

「まぁ志天勝様、もう旅立ってしまわれるのですか」

まとめられた荷物を見て、女将が悲しげにうつむいた。

「そんな悲しそうな顔は見せるなよ。女将の美しさと優しさに後ろ髪ひかれる思いは尽きないが、なにぶん我らは逃亡者……ひとつの街に留まることが許されないのさ。あの夢のような夜のことは、どうかこの胸にしまっておいて欲しい。分かったね？」

どさくさに紛れて女将の豊かな胸に手を当てている志天勝。飛脚屋は心底呆《あき》れたが、その芝居がかった彼の言葉を真に受けて、女将は陶酔《とうすい》のあまりよろめいている。

（な、なんだコイツ……）

完全にその空気に飲まれた飛脚屋は、それでも勇気を奮い立たせて強く頭を振る。

「あの！　俺は早く手紙を渡したいんですけどっ。琵遙って人と蒼翼って人からです」

途端、志天勝の顔つきが少しだけ変わった。結構あっさりと女将の手を放し、飛脚屋へと視線を向けた。そして宿の奥へと声をかける。

「やっと来たぜ、カラク。あいつらから手紙だってよ」

その声を受けて姿を現した男を見て、飛脚屋はさらに腰を抜かした。

ともかく美しいのだ。こちらは志天勝と違ってどこか近寄りがたい雰囲気だが、ふいに見せる穏やかな微笑みが、これまた堪らなく『いい男』感を醸《かも》し出している。

(うむ、コレが噂の二人組……確かに手強い。手強すぎる)

最強の二人組を前にして、飛脚屋は思わず二、三歩下がってしまった。

「ご苦労だったな、飛脚屋」

そんな彼の心中など知らず、志天勝は軽やかに手中にあった手紙を抜き取る。飛脚屋は慌てて口を開いた。

「あ、あの。失礼ですが、本当に志天勝さんですよね？」

「いかにも、そうだけど？」

「ということは罪人で逃亡中なんですよね」

「そうなるな」

おおよそ逃亡者らしくない堂々とした受け答えである。

「お尋ね者がいるって役人に教えてやってもいいんですよ、けっこうな額のお金も出るし」

なんとなく意地悪な気持ちになってそう言ってみる。しかし当の本人は、

「かまわないさ」

と涼《すず》しい顔で答え、さらに後ろに控えている仲間に「なぁ？」と声をかけた。

女将には「あんた！　何言ってるの？　そんなことしたら二度とこの街を歩けなくさせるわよっ」と怖い顔で睨みつけられた。

それが志天勝達に向ける顔とはまるで別人のようなのだから、女とは恐ろしい。

「私は……できれば黙っておいて欲しいですけど。お願いできますか」

カラクという名の男がそう言って、飛脚屋に微笑みかけた。しかしそこに怯えや恐怖はまったくない。志天勝は肩をすくめて飛脚屋を見ると、

「まぁ相棒はこう言ってるし、女将をこれ以上怒らせない方が身のためかもな。それでも言いたいってんなら、俺は止めないが」

ただ、と志天勝が不敵に笑う。

「俺達は絶対に捕まらないと思うけど。だってかなり強いんだぜ」

「……」

完敗、という文字が飛脚屋の頭にひらひらと舞い、隣では女将が「素敵すぎますわ」と腰をよろめかせている。

「じゃ、そういうことで」

志天勝は飛脚屋の肩を軽く叩くと「手紙、ありがとな」という言葉を残して宿を後にした。その後をカラクと呼ばれた謎の美青年がついて行く。

噂の二人の背中を目で追いながら飛脚屋は心の中で、

(街に帰ったらあの娘に「志天勝に手紙渡したら肩叩かれちゃった」って自慢しよっと。そのネタだけで一度ぐらいは食事につきあってくれるよな)

と実に情けない計画を立てていた。

もちろん、役人に通報する気などすっかり消え失せている。

「またムダに挑発するようなこと」

カラクがため息をつきながら、街道を歩く志天勝の背中を追う。

「いいんだよ。どうせびくびく逃げ回るのは性に合わないだろ、俺達」

志天勝は悪びれた様子もなく、飛脚屋からもらった手紙をさっさと読み終わるとカラクに投げて寄越す。それを慌てて受け取りながら、カラクは眉を寄せた。

「いいんですか？　私が読んでも」

「何言ってんだ、あいつらはお前が逃がしてやったようなもんだろうが。琶遙のその後ぐらい知る権利はある！」

カラクは軽く苦笑いを返すと、その手紙に目を落とした。志天勝と一緒に優雅《ゆうが》な逃亡生活を初めて早くも一ヶ月――彼の分かりにくい思いやりにも、ようやく慣れてきた。

手紙は琶遙が書いているようだった。

志天勝様へ

元気にしていますか？

佳碧湖《かへきこ》の娘さんに（ちゃんと逢《あ》ってお礼を言って下さいね、彼女は師匠《ししょう》のことすごく好きみたいですから）師匠から預かったという手紙を読みました。

私達が隣国で落ち着く頃には師匠はお尋ね者になっているはずだから、名前だけ書いて手紙を出せば必ず届くと指示がありましたよね？　そのとおりにしてみましたが、果たしてちゃんと届いているのでしょうか？

私と蒼翼は、なんとかやっています。相変わらず喧嘩《けんか》ばかりだけど。

でも師匠の教え通り、逆境に負けずちゃんと楽しく前向きな人生を生きています。

今はちょうど秋の収穫時期なのでいろいろな作業を手伝ったりして、まだ旅を続けていますが、そうしてお金を貯めてから、早くどこかの街に落ち着いて籍を朝廷からもらおうと思っています。そうすれば師匠を完栄《かんえい》からこの玄の国へ呼ぶことができると、蒼翼が教えてくれました。

それからカラクは今、どうしているんでしょうか？　本当に色々とお世話になったし、できればもう一度逢ってちゃんとお礼が言いたいです。師匠が玄に来たときに何か教えてもらえると嬉しいな。

……というか、師匠。来てくれますよね？　なんだか不安になってきました。

それではそのときまで、どうか元気に逃げ回って下さい。あと、女の子をあまり泣かせないように！

琶遙

「元気そうですね」

手紙を読み終えたカラクが、丁寧に折りたたみながら言う。

「琶遙のやつ、俺がカラクと一緒だって知ったら驚くだろうな」

「行くんですか、玄の国に」

カラクの問いに、志天勝はあっさりと首を振った。

「ヤだな。あいつらのお守りもそろそろ終わりでいいだろ」

涼しい顔で言ってのける志天勝に、カラクは目を細める。

「私のことは気にしないで下さいね」

本当はすぐにでも琶遙達の元へと行きたいのではないだろうか。それでもこうやって逃げ続けている理由はきっと、自分を一人にしたくないからだ。

だからと言ってカラクは、琶遙達に会いに行くため共に国境を越える気にはなれなかった。そうするにはきっと、あまりにも琶遙に心を奪われすぎた。

「私は一人でも大丈夫ですから」

「俺、結構この国が好きなんだよな。それに」

今の状況もけっこう好きだ、と志天勝は勢いよく振り返って、片目を閉じてみせる。

「お前といると、今まで以上に女性にモテるからな」

「確かに」

あっさりと同意したカラクに、志天勝が「そういう謙虚《けんきょ》じゃないトコも好きだ」と笑う。

「まぁ、もう少しこの旅を楽しもうや」

気楽に伸びをしながら前を行く志天勝が、気持ちよさそうに空を仰ぎ見る。つられてカ

ラクも顔を上げた。目の前には青空がどこまでも広がっている。

街道には爽やかな風が吹き抜け、遙かな天空に吸い込まれるように駆け上っていく。遠く離れた場所で、琶遙達も同じように空を見上げている気がして、カラクと志天勝は思わず目を細めていた。

あとがき

初めまして、南咲麒麟《なんざききりん》と申します。

この度は御縁あって、ティアラ文庫さんから本を出させてもらうことになりました。

中華風恋愛冒険活劇（？）琶遙《はよう》達の物語は楽しんで頂けましたでしょうか？


キスだけじゃ終わらない！　なテイストの小説は初めてだったので、ちゃんと表現できるか心配だったのですが、恋愛の延長線上にあるHは「二人の幸せ極まれりっ」という感じで、書いていてとても楽しかったです。

書き手としても恋愛表現の幅をぐっと広げてくれる有難い機会でした。感謝！


さてさて。

今回、中華風ファンタジーということで「なんかこう、気分を中華っぽくしてくれるアイテムないかな」と同居人に相談したところ、何故か高麗人参《こうらいにんじん》のサプリメントをくれました。

中華……？　これは朝鮮半島の特産品なのでは？？？

莫大なる疑問を抱えながらも飲んでみたのですが、もともと鬼のように元気体質な私には一体どこがどう改善されたかは、これまた最後まで謎でした。

が、ともかく今はサイコーに調子良いので効き目はあるのかも、です。

なんでも韓国でミスコリアを四人も出した家では、高麗人参茶を水代わりに飲ませていたらしいですよ。へぇ～。


最後にお礼を。

まず編集担当様。とんでもなく流動的なスケジュールに付き合わせてしまって、申し訳なかったです。にも拘らず、いつも温かいお言葉をかけて頂いて感謝感激でした。

それから素敵なイラストをつけて下さった香坂《こうさか》ゆう様。以前から「可愛い絵だなぁ」と思いを寄せていたイラストレーターさんだったので、決まったときは本当に嬉しかったです。ラフを拝見したとき「そ、蒼翼《そうよく》が！　蒼翼がぁ」と思わず叫んでしまいました。

格好イイです！　センスの欠片もない私の頭の中では、蒼翼なんて野猿でしたよ、野猿。

まったく以て、ラノベにとって絵師さんという存在は偉大であります。

最後に、これを手にとって下さった読者様に特大版の感謝を。

ご意見やご感想、その他なんでも結構ですのでお手紙下さると嬉しいです。何らかの形で必ずお返事させて頂いてますので。

それではまた、いつかお会いできる日を夢見つつ——。

南咲　麒麟

蒼《そう》月《げつ》流《なが》れて華《はな》が散《ち》る

絶《ぜつ》華《か》の姫《ひめ》

テイアラ文庫をお買いあげいただき、ありがとうございます。
この作品を読んでのご意見・ご感想をお待ちしております。

✦ ファンレターの宛先 ✦

〒102-0072　東京都千代田区飯田橋3-3-1
プランタン出版　ティアラ文庫編集部気付
南咲麒麟先生／香坂ゆう先生係

ティアラ文庫WEBサイト
http://www.tiarabunko.jp/

著者――南咲麒麟（なんざき　きりん）
挿絵――香坂ゆう（こうさか　ゆう）
発行――プランタン出版
発売――フランス書院
〒102-0072　東京都千代田区飯田橋3-3-1
電話（営業）03-5226-5744
（編集）03-5226-5742
印刷――誠宏印刷
製本――若林製本工場

ISBN978-4-8296-6512-1 C0193

原稿大募集

ティアラ文庫では、乙女のためのエンターテイメント小説を募集しております。
優秀な作品は当社より文庫として刊行いたします。
また、将来性のある方には編集者が担当につき、デビューまでご指導します。

募集作品

H描写のある乙女向けのオリジナル小説（二次創作は不可）。
商業誌未発表であれば同人誌・インターネット等で発表済みの作品でも結構です。

応募資格

年齢・性別は問いません。アマチュアの方はもちろん、
他誌掲載経験者やシナリオ経験者などプロも歓迎。
（応募の秘密は厳守いたします）

応募規定

☆枚数は400字詰め原稿用紙換算200枚～400枚
☆タイトル・氏名（ペンネーム）・郵便番号・住所・年齢・職業・電話番号・
　メールアドレスを明記した別紙を添付してください。
　また他の商業メディアで小説・シナリオ等の経験がある方は、
　手がけた作品を明記してください。
☆400～800字程度のあらすじを書いた別紙を添付してください。
☆必ず印刷したものをお送りください。
　CD-Rなどデータのみの投稿はお断りいたします。

注意事項

☆原稿は返却いたしません。あらかじめご了承ください。
☆応募方法は郵送に限ります。
☆採用された方のみ担当者よりご連絡いたします。

原稿送り先

〒102-0072　東京都千代田区飯田橋3-3-1
プランタン出版「ティアラ文庫・作品募集」係

お問い合わせ先

03-5226-5742　　プランタン出版編集部